아인슈타인의 꿈

Einstein's Dreams

Copyright ⓒ 1993 by Alan P. Lightman
All rights reserved.

Korean translation copyright 2025 by Dasan Books
Korean translation rights arranged with Gelfman Schneider Literary Agents, Inc.
through EYA Co., Ltd

이 책의 한국어판 저작권은 EYA Co., Ltd를 통해
Gelfman Schneider Literary Agents, Inc.와 독점 계약한 다산북스가 소유합니다.
저작권법에 의하여 한국 내에서 보호를 받는 저작물이므로
무단 전재 및 복제를 금합니다.

Einstein's Dreams

아인슈타인의 꿈

앨런 라이트먼 소설
권루시안 옮김

Alan Lightman

목차

009	**추천의 말**
011	**한국어판에 부치는 서문**
017	**프롤로그**

1905년 4월 14일 ······ **021**
1905년 4월 16일 ······ **025**
1905년 4월 19일 ······ **029**
1905년 4월 24일 ······ **033**
1905년 4월 26일 ······ **037**
1905년 4월 28일 ······ **041**
1905년 5월 3일 ······ **045**
1905년 5월 4일 ······ **049**

055	**인터루드**	
	1905년 5월 8일	**059**
	1905년 5월 10일	**064**
	1905년 5월 11일	**069**
	1905년 5월 14일	**072**
	1905년 5월 15일	**077**
	1905년 5월 20일	**081**
	1905년 5월 22일	**085**
	1905년 5월 29일	**089**
095	**인터루드**	
	1905년 6월 2일	**099**
	1905년 6월 3일	**103**
	1905년 6월 5일	**107**
	1905년 6월 9일	**111**
	1905년 6월 10일	**116**
	1905년 6월 11일	**120**
	1905년 6월 15일	**124**
	1905년 6월 17일	**128**

135	**인터루드**	
	1905년 6월 18일	**138**
	1905년 6월 20일	**142**
	1905년 6월 22일	**147**
	1905년 6월 25일	**151**
	1905년 6월 27일	**155**
	1905년 6월 28일	**159**
165	**에필로그**	
169	**옮긴이의 말**	

추천의 말

짧은 낮잠을 잤고 그 안에서 평생을 살았다. 이 소설 속에서 가정한 "한평생은 한 계절 속의 한순간"을 꿈에서 실현한 것이다. 소스라쳐 깨어나 보니 나는 다시 그 누군가—'나'라고 불리는 자의 꿈속에 마트료시카 인형처럼 살고 있었다. 지금 여기 있는 나는 몇 번째 버전의 세계를 다시 살고 있는 걸까? 어쩌면 숨을 쉬고 말하고 울거나 웃는 나 자신(이라고 믿는 것)이 꿈일지도, 착각일지도. 누군가는 노스텔지어에 살고, 누군가는 도래하지 않은 날들 속에 살지만, 대부분의 사람은 냉혹하고 준엄한 현실을 산다. 아마 내가 살아 있는 동안에는 수많은 SF영화 속의 시간 여행이 현실로 구현될 것 같지 않다고 생각하면서도, 사람들은 몽상과 인식을 통해 과거로 미래로 길을 떠나기를 그치지 않는다.

소설에 등장하는 다양한 시간의 마디마디를 만지며, 촉각을 포함한 오감으로 우주의 질감을 느껴보았다. 당신의 새벽, 나의 낮, 누군가의 밤 그리고 나아가 저마다의 과거와 미래가 기적처럼 조우하여 우리 존재를 바꿔놓는 순간을 경험하기를 바란다. 사태의 원인과 결과는 어떤 모습으로 전도되기를 반복하며 순간과 영원은 어떻게 닮았는지, 시간이 인간에게 출제한 숨은그림찾기를 통해 이 경이를 오래도록 간직하기를.

한편 소설에서 가장 아름답다고 느꼈던 부분은 이 시간의 끝, 즉 세계 종말을 앞둔 거리의 풍경이다. 예전에는 종말 직전의 모습이라고 하면 다소 관성적으로 폭동, 방화, 약탈 등 혼돈으로 가득한 거리를 떠올렸는데, 이토록 평등하고 장엄하며 고요한 음악과도 같은 마지막을 생각한다면 그리 비통하지만은 않을 듯하다. 이 세상을 통과하는 극히 찰나의 여행길을, 조금은 괜찮은 모습으로 다녀갈 수 있을 것만 같다.

구병모(소설가)

한국어판에 부치는 머리말

　『아인슈타인의 꿈』의 한국어판이 처음 출간된 지 이제 25년이 다 되어갑니다. 그사이에 특히 과학기술이 발전하면서 너무나 많은 일이 일어났습니다. 세상은 점점 더 빠르게 나아가고, 우리는 속도와 효율에 점점 더 집착하며 인류 역사상 그 어느 때보다도 시간과 시계에 쫓기며 살아가는 세대가 되었습니다.

　제가 이 책을 쓰기 시작한 1991년 무렵 스마트폰들이 처음으로 나오기 시작했습니다. 저는 그 이후로 삶의 속도가 더욱더 빨라지리라는 것을 느꼈고, 곧 시간을 주제로 한 책을 쓰게 되었습니다. 하지만 사실 저는 시간에 쫓기는 우리의 존재보다는 과학과 예술의 연관성을 탐구하고 싶었습니다. 이는 언제나 저의 생각과 글을 관통하는 주제였으니까요. 아인슈타인은 우리의 과학적이고 합리적이며 논리적이고 계획적인 측면을 대표하고, 우리가 꾸는 꿈은 보다 직관적이고 예술적이며 자발적인 측면을 나타냅니다. 둘 다 인간의 일부분이지요. 또한 저는 쿠빌라이 칸의 영토에 있는 다양한 도시를 상상하는 이탈로 칼비노의 아름다운 작은 책 『보이지 않는 도시들』을 읽었고, 또 가브리엘 가르시아 마르케스나 호르헤 루이스 보르헤스와 같은 마술적인 사실주의 작가들의 열렬한 팬이었습니다. 1991년, 그때의 제 머릿속에는 이 모든 영향과 동기가 소용돌이치고 있었습니다. 칼비노가 공간을 두고 한 일을 저는 시간에 대해 하고 싶었습니다. 그리고 아인슈타인은 상대성이론을 연구한, 시간과 관련하여 가장 위대하고 상징적인 과학자이기에 이 책의 중심이 되는 인물로 그를 선택했습니다.

『아인슈타인의 꿈』이 미국에서 처음 출간된 1993년 저는 이 책의 성공에 무척 놀랐습니다(아마 담당 편집자도 놀랐을 겁니다). 그 후 전 세계에서 이 작은 책에 영향을 받았다는 사람들의 이야기를 많이 들을 수 있었습니다. 이 책을 주고받다가 결혼하게 된 연인들, 사랑하는 부모가 임종을 앞두고 있을 때 이 책을 낭독하며 위안을 준 사람들, 이 책에 영감을 받아 음악, 발레, 연극과 같은 작품을 만들고 공연한 음악가와 무용가와 배우 들……. 제가 이 모든 파문과 파도를 일으켰다는 사실에 영예로움과 겸허함과 자랑스러움을 느낍니다. 우리는 모두 세상을 조금씩 바꿉니다. 저는 이 책으로 그럴 수 있었다는 것을 기쁘게 생각합니다.

소설 속 시간의 꿈 세계는 그 하나하나가 우리가 살고 있는 세계의 진실을 반영하고 있습니다. 저는 독자 여러분들이 『아인슈타인의 꿈』을 읽고는 시간을 다른 방식으로 생각하게 되기를 바랍니다. 삶을 다른 방식으로 생각하게 되기를 바랍니다. 우리가 만들어낸 이 급급한 세계의 속도를 늦추어 자신이 누구인지, 자신에게 무엇이 중요한지, 삶을 어떻게 살고 싶은지 성찰하는 계기가 되기를 바랍니다.

독자 여러분께 질문을 드리겠습니다. 여러분은 하루 동안 스마트폰이나 시계를 얼마나 자주 들여다보시나요? 바깥세상의 간섭을 받지 않고 조용히 20분 동안 산책을 얼마나 자주 하시나요? 삶의 의미를 얼마나 자주 생각하시나요? 남은 일생을 어떻게 살고 싶으신가요? 지금, 삶의 이 순간에 다다르게 된 우연한 사건들을 얼마나 자주 돌이켜 보시나요?

책을 만들면 크나큰 기쁨을 두 번 느끼게 됩니다. 첫 번째 기쁨은 실제로 글을 쓰는 과정에서 느낄 수 있고, 두 번째 기쁨은 그렇게 완성한 책을 다른 사람들이 읽고 즐기며 삶에 변화를 주었을 때 다가옵니다. 저에게 이 두 번째 기쁨을 주셔서 고맙습니다.

미국 매사추세츠주 콩코드에서
앨런 라이트먼

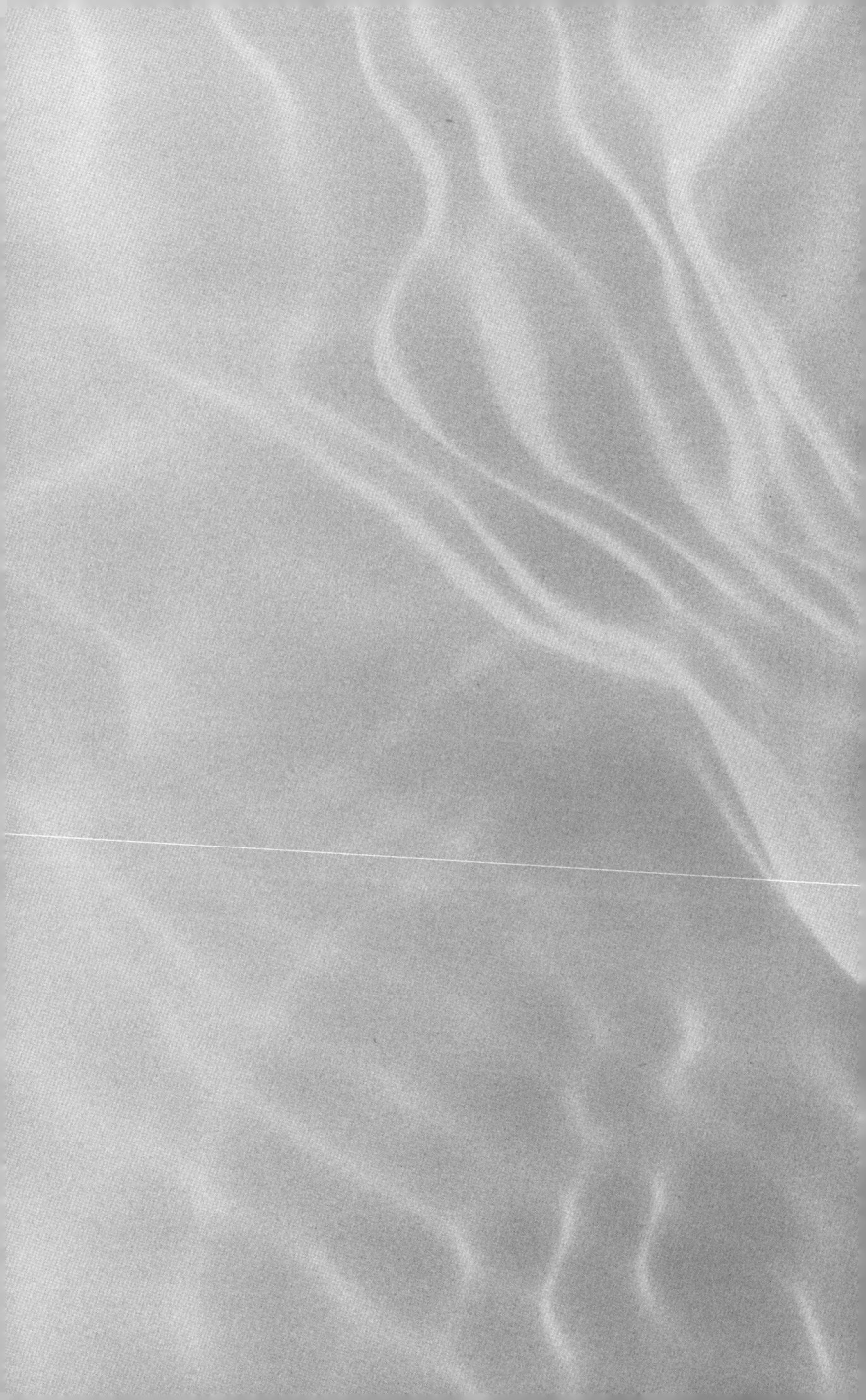

프롤로그

 멀리 아케이드에 있는 시계탑이 6시를 알린 뒤 침묵을 지킨다. 젊은이는 책상머리에 축 늘어진다. 오늘도 그는 움직이지 않는 몸을 억지로 일으켜 새벽에 사무실로 나왔다. 머리칼은 헝클어져 있고 바지는 너무 헐렁하다. 손에는 구겨진 원고 스무 장이 쥐여 있다. 시간에 관한 그의 새로운 이론으로, 독일 물리학회지에 오늘 우송할 참이다.

 도시의 희미한 소음이 사무실 안으로 스며든다. 돌바닥에 우유병을 놓는 소리가 짤랑 들린다. 마르크트 거리의 한 가게에서 차양이 말려 올라간다. 채소 수레 하나가 거리를 따라 느릿느릿 움직인다. 근처 아파트에서 남녀가 나직이 이야기를 주고받는다.

사무실 안으로 배어드는 희미한 불빛에 책상들이 어슴푸레 부드러운 형체를 드러내는데, 마치 잠들어 있는 커다란 동물 같다. 여기저기 책이 펼쳐져 널려 있는 젊은이의 책상을 제외한 나머지 열두 개의 참나무 책상 위에는 깔끔하게 정돈된 서류가 놓여 있다. 전날 처리하지 못한 서류다. 두 시간 뒤 사무원들이 출근하면 어디서부터 일을 처리해야 할지 정확하게 알 것이다. 그러나 지금 이 순간, 이처럼 어스레한 빛 속에서는 서류나 벽에 걸린 시계나 문가에 있는 비서의 의자가 모두 한가지로 희미하게 보일 뿐이다. 지금 눈에 보이는 것이라고는 어둑하고 흐릿한 책상과 늘어져 있는 젊은이의 모습뿐이다.

벽에 어렴풋이 보이는 시계가 6시 10분을 가리킨다. 1분, 그리고 또 1분이 지날 때마다 새로운 물건이 모습을 드러낸다. 이쪽에서 구리 휴지통이 나타난다. 저쪽 벽에서 달력이 나타난다. 이쪽에서 가족사진 한 장, 클립 한 통, 잉크 한 병, 펜. 저쪽에서 타자기 한 대와 의자 위에 개어놓은 웃옷. 이윽고 벽에 퍼져 있던 밤안개를 헤치고 여기저기에서 책장이 나타난다. 책장에는 특허대장이 잔뜩 꽂혀 있다. 마찰을 줄이기 위해 날을 구부려 만든 개량 드릴에 관한 특허도 있다. 어떤 것은 공급 전압에 변동이 있더라도 전압을 일정하게 유지하는 변압기에 관한 특허다. 또 활자막대의 속도를 줄여 소음을 없앤 타자기를 설명하는 특허도 있다. 이곳은 실용적인 고안으로 가득한 사무실이다.

바깥, 알프스산맥의 봉우리들이 햇빛에 발그레 타오르고 있다. 늦은 6월이다. 아레강江에서는 한 사람이 작은 배의 밧줄을 풀어 밀고 나간다. 물살을 타고 아어 거리를 따라 게르베른 거리로 여름 사과와 과실을 배달하러 가는 길이다. 어느 빵집 주인은 가게에 도착하여 석탄 오븐에 불을 지핀 다음 밀가루와 이스트 반죽을 시작한다. 니데크 다리에서는 연인이 서로 껴안고 희망에 부푼 눈길로 강을 내려다본다. 시플라우베 거리의 발코니에서는 한 남자가 서서 분홍빛 하늘을 살핀다. 잠들지 못하는 어떤 여자가 크람 거리를 느릿느릿 거닐며 어둑한 아케이드를 들여다보기도 하고 미명 속에서 벽보를 읽기도 한다.

슈파이허 거리에 있는 좁고 기다란 사무실, 실용적인 고안으로 가득한 이 사무실에는 특허 담당 사무원인 젊은이가 아직도 책상에 머리를 숙인 채 늘어져 있다. 지난 몇 달 동안, 그러니까 4월 중순부터 그는 시간에 대해 꿈을 많이 꾸었다. 꿈은 그의 연구를 사로잡았다. 그는 꿈 때문에 지칠 대로 지쳐버렸고, 그래서 가끔은 꿈인지 생시인지조차 알 수 없을 정도가 되어버렸다. 그러나 꿈은 이제 끝났다. 시간에 관한 꿈을 꿀 때마다 그럴듯한 시간의 본질이 하나씩 새로 나타났고, 그 가운데서 한 가지가 유달리 마음을 끌었다. 그렇다고 해서 그 나머지가 가능성이 없다는 것은 아니다. 그 나머지도 딴 세계에서라면 있을 법한 것이다.

젊은이는 의자에 늘어진 채 뒤척이면서 비서가 출근하기를 기다리고 있다. 베토벤의 「월광」 소나타를 나직이 흥얼거리며.

1905년 4월 14일

 시간이 원圓이라서 시작한 지점으로 되돌아간다고 해보자. 세계는 정확하게, 끝없이 되풀이될 것이다.

 대부분 사람은 자기 자신이 똑같은 삶을 되풀이하며 살게 되리라는 것을 모른다. 상인은 같은 흥정을 자꾸자꾸 하게 될 것이라는 사실을 모른다. 정치인은 시간이 돌고 돌면서 같은 연단에서 끝도 없이 소리치게 되리라는 것을 모른다. 부모는 아기의 첫 웃음소리를 다시는 들을 수 없다는 듯이 소중하게 간직한다. 처음으로 사랑을 나누는 연인은 수줍은 마음으로 옷을 벗고 나긋나긋한 허벅지와 연약한 젖꼭지에 놀란다. 몰래 훔쳐보는 눈길과 감촉이 모조리 전과 똑같이 거듭거듭 되풀이될 것이라는 사실을 이들이 어찌 알까?

마르크트 거리에서도 마찬가지다. 손으로 뜬 스웨터가, 수놓은 손수건이, 초콜릿 과자가, 정교한 컴퍼스와 시계가 저마다 진열대의 원래 있던 그 자리로 되돌아오리라는 것을 가게 주인이 어떻게 알 수 있을까? 해가 저물면 가게 주인들은 가족이 있는 집으로 돌아가거나 술집에서 맥주를 마신다. 아케이드 저쪽으로 보이는 친구들을 즐거운 마음으로 부르면서, 매 순간을 잠시 맡아둔 에메랄드처럼 애무한다. 잠시뿐인 것은 아무것도 없고 모든 것이 되풀이되리라는 사실을 이들이 어찌 알 수 있을까? 크리스털 샹들리에의 테두리를 따라 기어가는 개미가 원점으로 돌아오리라는 사실을 알지 못하는 것과 다를 바가 없다.

게르베른 거리에 있는 병원에서는 한 여자가 남편에게 작별 인사를 한다. 남편은 병상에 누워 아내를 멍하니 바라본다. 지난 두 달 사이에 암이 목에서부터 간으로, 췌장으로, 뇌로 퍼졌다. 어린 두 자식은 아버지를 외면한 채 겁먹은 얼굴로 병실 한쪽 구석에 놓인 의자에 앉아 있다. 노인처럼 움푹 파인 볼과 쭈그러든 피부에 겁을 먹은 것이다. 아내는 병상으로 다가와 남편의 이마에 부드럽게 입을 맞추고는 나직이 작별 인사를 한 뒤 아이들을 데리고 얼른 병실을 나선다. 여자는 이번 입맞춤이 마지막이 될 것이 틀림없다고 생각한다.

시간이 되돌아가서 그녀가 다시 태어나고, 취리히에 있는 화랑에서 전시회를 열고, 프리부르크의 조그만 도서관에서 남편을 만나, 6월 어느 따뜻한 날에 다시 그와 함께 툰 호수로 뱃놀이를 나가고, 다시 아이를 낳고, 남편은 8년간 제약 회사에서 일하다가 어느 날 저녁 다시 목에 종기가 나서 집으로 돌아오고, 다시 토하고 쇠약해져 결국 이 병원, 이 병실, 이 병상, 이 순간으로 되돌아오리라는 것을 어찌 알 수 있을까?

시간이 원으로 되어 있는 세계에서는 악수와 입맞춤, 출생, 주고받은 말 등 모든 것이 정확하게 그대로 되풀이된다. 친구와 절교하는 순간도, 돈 문제로 가정에 일어나는 파탄도, 부부간에 벌어진 가시 돋친 입씨름도, 윗사람의 시기심 때문에 번번이 막히는 승진의 기회도, 지키지 않은 모든 약속도 마찬가지다.

앞으로 모든 일이 그대로 되풀이되는 것과 마찬가지로 지금 일어나는 온갖 일도 이미 수백만 번 벌어졌던 일이다. 모든 것이 과거에 있었다는 것을 꿈결처럼 어렴풋이 알고 있는 사람이 마을마다 몇 명씩 있다. 이들은 불행하게 살아가는 사람들이다. 자신이 내린 그릇된 판단과 잘못과 악운이 전부 지난 시간의 순환 속에서 이미 벌어졌던 일이라는 것을 느낀다. 적막한 밤이면 이 저주받은 사람들은 이불과 씨름하면서, 행동 하나, 몸짓 하나도 바꿀 수 없다는 생각에 슬퍼하며 잠 못 이루고 뒤척인다. 이들이 저지른 실수는 전생에서와 같이 이생에서도 그대로 되풀이될 것이다. 그리고 이처럼 불행하기 그지없는 이 사람들이 바로 시간이 원이라는 사실에 대한 유일한 실마리다. 마을마다 늦은 밤이면 이들의 신음이 텅 빈 거리와 발코니를 가득 메운다.

1905년 4월 16일

　여기 이 세계에서 시간이란 이따금 조그만 흙더미에 부딪히고 미풍에도 방향이 바뀌는 물의 흐름과 같다. 가끔씩 대규모의 변동이 일어나면 시간이라는 커다란 강에서 하나의 물줄기가 흐름에서 벗어나 상류로 거슬러 올라가 합쳐진다. 이런 일이 벌어지면 곁줄기에 있던 새들과 흙과 사람들은 자신들이 갑자기 과거로 거슬러 올라왔음을 깨닫게 된다.

　시간을 거슬러 올라간 사람은 어렵지 않게 알아볼 수 있다. 이들은 눈에 잘 띄지 않는 어두운 빛깔의 옷을 입고, 아무 소리도 내지 않으려 하며, 풀잎 하나도 다치지 않게 하려고 발끝으로 살금살금 걸어 다닌다. 과거를 조금이라도 바꿔놓으면 미래가 엄청나게 바뀔 수 있다는 것을 알고 있으니까.

예를 들어 바로 지금, 그러한 사람이 크람 거리 19번지의 아케이드 기둥 뒤 그늘에 웅크리고 앉아 있다고 하자. 미래에서 온 나그네가 자리 잡기에는 좀 이상한 곳이기는 하지만 그래도 거기 있다고 치자. 행인들은 거리를 지나가면서 이 여자를 물끄러미 바라보다가 가던 길을 계속 간다. 나그네는 한쪽 귀퉁이에 웅크리고 앉아 있다가 재빠르게 길을 가로질러 가서는 22번지의 어둑한 곳에 다시 웅크리고 앉는다. 그녀는 혹시라도 발끝에 흙먼지가 일어날까 잔뜩 조바심을 낸다. 오늘 1905년 4월 16일 오후 바로 이 순간에, 피터 클라우젠이 슈피탈 거리에 있는 약국에 가고 있기 때문이다. 클라우젠은 멋을 제법 부리는 사람이라서 옷에 먼지가 앉는 것을 싫어한다. 흙먼지에 옷이 더러워지면 그는 걸음을 멈추고, 바빠 할 일이 있든지 말든지 개의치 않고 꼼꼼하게 먼지를 털어낼 것이다. 클라우젠이 상당히 늦어지면 벌써 몇 주째 다리가 아프다는 아내에게 연고를 사줄 수 없게 될 것이다. 그렇게 되면 클라우젠의 아내는 홧김에 제네바 호수로 여행을 가지 않겠다고 할 수도 있다. 그래서 1905년 6월 23일에 제네바 호수로 여행을 떠나지 않는다면 아내는 호숫가 동쪽 둑을 따라 걸어오는 카트린 데피네라는 젊은 여자를 만나지 않을 것이고, 따라서 데피네를 아들 리하르트에게 소개하지 않을 것이다. 그러면 리하르트와 카트린은 1908년 12월 17일에 결혼을 하지 않을 것이고, 1912년 7월 8일에 프리드리히를 낳지 않을 것이다. 프리드리히 클라우젠은 1938년 8월 22일에 한스 클라우젠이라는 아들을 얻지 못할 것이고 한스 클라우젠이 없으면 1979년 유럽연합은 절대로 생겨나지 않을 것이다.

미래로부터 어느 날 갑자기 이 시간 이곳으로 떠밀려 들어와 크람 거리 22번지의 어둑한 곳에 앉아 남의 눈에 띄지 않으려고 하는 이 나그네는 클라우젠 이야기뿐 아니라 앞으로 벌어질 수천 가지 다른 이야기를 알고 있다. 아이들의 출생, 거리에 있는 사람들의 몸놀림, 특정한 시간에 들리는 새들의 노랫소리, 의자가 놓인 정확한 위치, 바람의 방향 같은 것에 관한 이야기를. 나그네는 어둑한 곳에 웅크리고 앉은 채 사람들이 쳐다보아도 마주 보지 않는다. 그녀는 웅크리고 앉은 채 시간의 물줄기가 그녀를 원래대로 미래로 되돌려 보내주기만을 기다린다.

미래에서 온 어느 나그네가 말을 할 수밖에 없는 처지가 되면 말을 하는 대신 흐느끼는 듯한 소리를 낸다. 나직하게 고통스러운 신음을 낸다. 몹시 괴로운 것이다. 무엇이든 조금이라도 바꿔놓으면 미래가 엉망이 될 수도 있기 때문이다.

또 한편으로 그는 벌어지는 일에 끼어들지도 못하고, 어떤 일이든 바꾸지도 못하고 지켜보기만 해야 하는 처지다. 그는 제 시간 속에서 살아가는 사람들이 부럽다. 그들은 미래가 어떻게 되든 자신의 행동이 어떤 결과를 낳든 신경 쓰지 않고 행동해도 되니까. 하지만 그는 그럴 수 없다. 그는 비활성 기체이자 유령이요, 영혼 없는 허깨비다. 그는 개성을 잃어버린 사람이다. 시간이 보낸 귀양살이를 하고 있는 것이다.

이와 같이 가엾은 사람들은 어느 마을에서건 어느 도시에서건 찾아볼 수 있다. 이들은 처마 밑에, 지하실에, 다리 밑에, 인적 없는 들판에 숨어 있다. 앞으로 벌어질 사건에 대해, 결혼, 출생, 돈, 발명, 이득에 대해 이들에게 캐묻는 사람은 없다. 어느 누구도 이들을 상관하지 않고 오히려 불쌍하게 생각한다.

1905년 4월 19일

　11월의 어느 추운 아침, 첫눈이 내렸다. 기다란 가죽 외투를 걸친 남자가 크람 거리의 4층 건물에 있는 자기 집 발코니에 서서 체링거 분수와 하얀 거리를 내려다보고 있다. 동쪽으로는 성 빈첸츠 대성당의 가냘픈 첨탑이, 서쪽으로는 치트클로케 시계탑의 뾰족하게 곡선을 이루는 지붕이 보인다. 그렇지만 그는 동쪽을 보는 것도 서쪽을 보는 것도 아니다. 그저 발코니 아래, 눈 속에 있는 조그만 빨간 모자를 쳐다보면서 생각에 잠겨 있다. 프리부르크에 있는 그 여자의 집으로 찾아가야 할까? 그는 손으로 금속 난간을 쥐었다가 놓고 다시 쥐었다가 놓기를 되풀이한다. 그녀를 찾아가야 하나? 그녀를 찾아가야 하나?

그는 다시 그녀를 만나지 않기로 결심한다. 그녀는 농간을 부리고 남을 헐뜯기 좋아하니까. 그래서 그의 인생을 엉망으로 만들 수도 있으니까. 어쩌면 그녀는 그에게 아무런 관심이 없을 수도 있으니까. 그래서 다시는 그녀를 만나지 않기로 마음먹는다. 그는 그냥 친구들과 계속 어울려 다닌다. 제약 회사에서 열심히 일한다. 회사에 여자 비서가 있지만 그는 거의 관심을 갖지 않는다. 저녁이면 친구들과 코허 거리에 있는 술집에 가서 맥주를 마시고 퐁뒤 요리 만드는 법을 배운다. 그러다가 3년이 지난 어느 날 뇌샤텔에 있는 옷가게에서 또 다른 여자를 만난다. 좋은 여자다. 몇 달간 그녀는 그와 아주아주 천천히 사랑을 나눈다. 한 해 뒤 그녀는 베른으로 와서 그와 함께 산다. 둘은 조용하게 지내면서 함께 아레강을 따라 산책도 하고, 서로의 반려자가 되어 만족스럽게 늙어간다.

두 번째 세계에서 가죽 외투를 입은 이 남자는 프리부르크의 그 여자를 다시 만나야겠다고 결심한다. 그는 그녀를 거의 모른다. 농간을 부릴 수도 있고 몸놀림을 보면 성깔이 있을 것도 같지만, 미소 지을 때의 그 부드러운 얼굴, 그 웃음, 그 재치 있는 말솜씨라니. 암, 다시 만나야지. 그는 프리부르크에 있는 여자의 집으로 찾아가 그녀와 나란히 소파에 않는다. 금방 가슴이 뛰고 그녀의 하얀 팔을 보고 점점 넋이 나간다. 둘은 사랑을 나눈다. 요란하고 격정적으로. 그녀는 그를 설득해 프리부르크로 이사하게 한다. 그는 베른의 직장을 그만두고 프리부르크 우체국에 일자리를 얻는다. 그는 그녀에 대한 사랑으로 타오른다. 그는 날마다 정오에 집으로 온다. 둘은 식사를 하고, 사랑을 하고, 입씨름을 벌인다. 그녀는 돈이 모자란다고 투덜거리고, 그는 애원하고, 그녀는 주전자를 그에게 내던지고, 둘은 다시 사랑을 나누고, 그는 우체국으로 돌아간다. 그녀는 떠나겠다고 그에게 겁을 주지만 떠나지 않는다. 그는 그녀를 위해 산다. 그리고 고통을 달게 받는다.

세 번째 세계에서도 그는 그 여자를 다시 만나야겠다고 결심한다. 그는 그녀를 거의 모른다. 농간을 부릴 수도 있고 몸놀림을 보면 성깔이 있을 것도 같지만, 그 미소, 그 웃음, 그 재치 있는 말솜씨라니. 암, 다시 만나야지. 그는 프리부르크에 있는 그녀 집으로 찾아가고, 그녀는 문에서 그를 맞이하고, 둘은 부엌 식탁에서 차를 나눈다. 그녀는 도서관 일에 대해, 그는 제약 회사 일에 대해 이야기한다. 한 시간 뒤 그녀는 친구를 도와주러 가야 한다면서 작별 인사를 하고 둘은 악수한다. 그는 다시 기차를 타고 허전한 마음으로 30킬로미터를 달려 베른으로 돌아와 크람 거리에 있는 아파트 4층으로 올라가 발코니에 서서 눈 속에 떨어져 있는 조그만 빨간 모자를 바라본다.

이 일련의 세 가지 사건은 모두 진짜 일어난다. 그것도 동시에. 여기 이 세계에는 공간과 마찬가지로 시간에도 세 가지 차원이 있기 때문이다. 물체가 가로, 세로, 높이라는 서로 수직인 세 방향으로 움직일 수 있듯이 물체에는 서로 수직인 세 가지 미래가 있다. 각각의 미래는 서로 방향이 다른 시간을 따라 움직인다. 모두가 실제로 일어나는 미래다. 프리부르크에 있는 여자를 만나러 갈지 말지, 아니면 새 옷을 살지 말지 결정하는 매 순간 세계는 세 가지 세계로 갈라지고, 각각의 방향마다 그 속에 사는 사람은 같아도 운명은 서로 다르다. 시간 속에는 세계가 무수히 많다.

어떤 사람은 어차피 선택이 가능한 모든 방향으로 일이 벌어지게 되어 있다면서 쉽게 결정을 내린다. 그 같은 세계에서라면 자기 행동에 대해 책임을 질 수 있는 사람이 누가 있을까? 또 어떤 사람은 결정을 내릴 때에 곰곰이 생각한 다음 결정해야 한다고, 그러지 않으면 혼란이 벌어질 것이라고 생각한다. 그런 사람들은 서로 상반되는 세계에 살면서도 각각에 대한 이유를 알기만 하면 만족하며 살아간다.

1905년 4월 24일

 이 세계에는 두 가지 시간이 있다. 기계시간이 있고 체감시간이 있다. 기계시간은 앞으로 뒤로, 앞으로 뒤로 흔들리는 육중한 시계추처럼 딱딱하고 쇳덩이 같다. 체감시간은 앞바다로 들어온 전갱이처럼 꿈틀거리고 요동친다. 첫 번째 것은 미리 정해진 그대로 변함이 없다. 두 번째 것은 움직여 나아가면서 정해진다.

 기계시간이 존재하지 않는다고 확신하는 사람들이 많다. 이들은 크람 거리에 있는 거대한 시계 앞을 지나면서도 이를 못 보고 지나치고, 포스트 거리에서 우편물을 부치거나 로젠 공원에서 꽃 사이를 거닐면서도 시계탑의 종소리를 듣지 못한다. 손목의 시계는 그저 장신구일 뿐이다. 시계를 선물하기 좋아하는 사람에 대한 예의로 손목시계를 차고 있는 사람들도 있다. 이들은 집 안에 시계를 두지 않는다. 그보다는 오히려 자신의 심장박동을 듣는다. 이들은 기분과 욕구의 리듬을 느낀다. 배가 고프면 먹고, 언제든 잠에서 깨어나면 공장이나 약국으로 일하러 나가고, 시간에 상관없이 사랑을 나눈다. 이런 사람들은 기계시간이라는 관념을 비웃는다. 이들은 시간이 발작하듯 움직인다는 것을 안다. 다친 아이를 바삐 병원으로 데리고 갈 때나 이웃의 원망하는 눈초리를 받을 때는 등짝에 천 근 짐을 진 것처럼 시간이 더디 간다는 것을 알고 있다. 그리고 친구들과 즐겁게 식사를 할 때라든가 갈채를 받을 때, 혹은 숨겨둔 연인의 팔에 안겨 누워 있을 때에는 시간이 시야를 가로질러 쏜살처럼 달아난다는 것도 안다.

그런가 하면 체감시간이라는 것이 존재하지 않는다고 생각하는 사람들도 있다. 이런 사람들은 기계시간에 따라 산다. 아침 7시면 잠자리에서 일어난다. 12시에 점심을 먹고 6시에는 저녁을 먹는다. 이들은 약속 시간에 정확하게 맞춰 약속 장소에 도착한다. 사랑은 밤 8시와 10시 사이에 나눈다. 한 주에 마흔 시간을 일하고, 일요일이면 일요판 신문을 읽고, 화요일 저녁에는 체스를 둔다. 뱃속에서 아우성치는 소리가 나면 식사 때가 되었나 하며 시계를 들여다본다.

음악회에 갔다가 졸음이 오기 시작하면 집에는 언제 돌아가나 하면서 무대 위에 걸린 시계를 쳐다본다. 이들은 자신의 몸을 놀랍고 신기한 것이 아니라 화학물질과 세포와 신경자극으로 이루어진 덩어리로 인식한다. 생각은 뇌 속에서 일어나는 전기의 흐름에 지나지 않는다. 성적충동은 말초신경으로 흘러가는 화학물질에 불과하다. 슬픔은 소뇌에 들러붙은 산酸에 지나지 않는다. 다시 말하면 몸은 전자나 시계처럼 전기나 역학 법칙에 따라 움직이는 기계인 것이다. 그러니 몸에 말을 할 때에는 물리학이라는 언어로 말해주어야 한다. 그리고 몸이 말을 하면 그것은 몸의 각 스위치가 움직여 말을 하는 것이다. 몸은 다스려야 하는 것이며, 몸의 다스림을 받아서는 안 된다.

아레강을 따라 밤공기를 쐬면 두 세계가 공존하고 있다는 증거를 볼 수 있다. 어둠 속, 뱃사공이 물살을 따라 떠내려가는 시간을 재면서 자신의 위치를 가늠한다. "하나, 3미터. 둘, 6미터. 셋, 9미터." 어둠을 가르고 그의 목소리가 또렷하게 들려온다. 니데크 다리의 가로등 아래에서는 1년 만에 만난 형제가 나란히 서서 술을 마시며 웃는다. 성 빈첸츠 대성당의 종소리가 10시를 알린다. 그로부터 몇 초가 지나면 시플라우베 거리에 늘어선 아파트 불빛이 종소리에 대답하듯 일

제히 꺼진다. 마치 유클리드 기하학을 추론하듯이. 두 연인이 강둑에 누워 멀리서 들려오는 교회의 종소리를 듣고 문득 밤이 되어버렸음에 놀라 나른하게 하늘을 올려다본다.

이 두 시간이 마주치는 자리에는 절망이 있다. 두 시간이 제각기 제 길을 가는 곳에는 만족이 있다. 기적적인 것은 변호사든 간호사든 제빵사든, 어느 한쪽의 시간에서 세계를 만들어나갈 수는 있어도 둘 모두에서 만들 수는 없다는 점이다. 두 시간은 모두 참이지만, 두 참은 서로 일치하지 않는다.

1905년 4월 26일

여기 이 세계가 뭔가 이상하다는 것은 금방 알 수 있다. 골짜기나 평지에서는 집을 한 채도 찾아볼 수가 없다. 다들 산 위에서 살고 있는 것이다.

옛날 어느 때에 과학자들은 지구의 중심에서 멀어지면 멀어질수록 시간이 더디 흘러간다는 사실을 알아냈다. 그 효과는 매우 작지만 아주아주 정교한 기계로 재면 차이가 난다. 이 같은 현상이 알려지자 몇몇 사람들은 젊음을 조금이라도 더 오래 간직하고자 산으로 집을 옮겼다. 이제는 집이 모조리 돔산山이나 마테호른산山이나 몬테로사산山, 아니면 다른 높은 곳에 서 있다. 이런 곳 외의 장소에는 집을 지어도 전혀 팔리지 않는다.

산 위에 집을 세우는 것만으로는 만족하지 않는 사람들도 많았다. 최대의 효과를 얻으려고 이들은 자기 집을 버팀대 위에 지어놓았다. 세계 곳곳의 산꼭대기에는 그와 같은 집들이 자리를 잡고 있어서, 멀리서 보면 뚱뚱한 새들이 무리 지어 길고 가느다란 다리를 버티고 웅크리고서 앉아 있는 것처럼 보인다. 제일 오래 살고 싶어 하는 사람들은 제일 높은 버팀대 위에다 집을 지었다. 몇몇 집은 가느다란 나무 버팀대의 높이가 1킬로미터나 된다. 높이는 지위의 상징이 되었다. 부엌 창밖으로 내다볼 때 이웃을 저 위쪽으로 올려다보아야 하는 곳에 사는 사람은 이웃이 자기보다도 더 늦게 관절이 팍팍해질 것이고, 머리칼도 더 나중에 빠질 것이며, 주름살도 더욱 뒤에 생길 것이고, 사랑의 욕구도 자기보다 더 나중에 잃게 될 것이라고 믿는다. 마찬가지로, 다른 집을 내려다보며 사는 사람은 그 집에 사는 사람을 쇠약하고 눈도 나쁜 사람일 것으로 단정해 버리는 경향이 있다. 평생토록 높은 곳에서 지냈다고, 제일 높은 봉우리 위 제일 높은 집에서 태어나서 한 번도 밑으로 내려가 본 적이 없노라고 자랑하는 사람도 있다. 이들은 거울을 들여다보고 젊음을 만끽하면서 발코니에서 알몸으로 다닌다.

어쩌다가 한 번씩 급한 일 때문에 아래로 내려가야 할 때가 있는데, 사람들은 그럴 때마다 서두른다. 높다란 사다리를 타고 허둥지둥 땅으로 내려와서 다시 달음질쳐서 다른 사다리나 저 아래 골짜기를 타고 내려가서는, 황급히 볼일을 본 다음 될 수 있는 대로 빨리 자기 집이나 다른 높은 곳으로 돌아간다. 아래로 한 걸음 옮길 때마다 시간이 조금 더 빨리 흐르고 따라서 조금 더 빨리 늙는다는 것을 알기 때문이다. 낮은 곳에서 사람들은 자리에 앉는 법이 없다. 그들은 서류 가방이나 장바구니를 들고 뛰어다닌다.

이웃보다 몇 초 빨리 늙는 것을 대수롭지 않게 생각하는 사람들이 도시마다 몇 사람씩 생겨나기 시작했다. 이 모험심 많은 사람들은 한 번에 며칠씩 낮은 곳으로 내려와 골짜기에서 자라는 나무 밑을 거닐기도 하고, 따뜻한 곳에 펼쳐진 호수에서 헤엄을 치기도 하고, 평지에서 구르기도 한다. 이들은 시계를 거의 보지 않고 오늘이 월요일인지 목요일인지도 모른다. 다른 사람들이 달음질로 지나치면서 비웃어도 이들은 미소만 지을 따름이다.

시간이 흘러 사람들은 높을수록 왜 더 좋은지, 그 까닭을 잊어버리고 말았다. 그럼에도 사람들은 계속 산꼭대기에서 살면서, 낮은 지대를 가능한 한 피하고, 아이들에게는 낮은 곳의 아이들과 사귀지 말라고 가르친다. 산 위의 공기가 차가위도 습관적으로 견디고, 지내기가 불편해도 원래 그런 거려니 하며 지낸다. 희박한 공기가 몸에 좋다고까지 믿고 그 논리를 적용해서 음식도 가장 가벼운 것만 먹거나 덜 먹기 시작한다. 결국 나이가 들기도 전에 앙상하게 뼈만 남아 늙어간다.

1905년 4월 28일

　시간을 재는 기구와 마주치는 일 없이 거리를 걷거나, 친구와 대화하거나, 건물에 들어가거나, 낡은 화강암 아치 밑에서 이것저것 구경하고 다닐 수는 없다. 도처에서 시간을 볼 수 있다. 시계탑과 손목시계, 교회 종소리가 해를 달로, 달을 날로, 날을 시간으로, 시간을 초로 쪼개고, 시간의 조각은 하나 뒤에 또 하나씩 계속 정연하게 줄지어 나아간다. 그리고 어떤 시계든지 그 뒤에서는 우주를 가로질러 뻗어 있는 광대한 시간의 뼈대가 시간의 법칙을 모두에게 공평하게 적용한다. 여기 이 세계에서 1초는 1초일 뿐 더도 덜도 아니다. 시간은 우주 구석구석에서 정확하게 같은 걸음걸이로 정교하고 일정하게 앞으로 나아간다. 시간은 끝없는 지배자다.

시간은 절대군주다.

날마다 오후가 되면 베른 시민들은 크람 거리 서쪽 끝으로 모인다. 거기서 3시 4분 전에 치트클로케 시계탑이 시간에게 문안을 올린다. 탑 꼭대기 회전반 위에서는 광대들이 춤을 추고, 수탉들이 꼬끼오 울고, 곰들이 피리와 북으로 음악을 연주한다. 그들의 기계적인 움직임과 소리는 돌아가는 톱니바퀴에 정확하게 맞추어져 있고 톱니바퀴는 또 완벽한 시간에 따라 맞춰진 것이다. 3시 정각이 되면 육중한 종이 세 번 울리고, 사람들은 제각기 자신의 손목시계가 맞나 확인한 다음 슈파이허 거리의 사무실로, 마르크트 거리의 가게로, 다리 건너 아레강 저쪽에 있는 농장으로 돌아간다.

종교가 있는 사람은 시간을 신이 존재한다는 증거로 본다. 조물주가 없다면 완전한 것은 아무것도 창조될 수 없을 테니까. 세상 모든 곳에 존재하면서 신성하지 않을 수 있는 것은 없으니까. 절대적인 것은 무엇이든 오직 유일한 절대자의 일부분이며 시간도 마찬가지다. 그래서 윤리학자도 시간을 그들의 믿음 한가운데에 둔다. 시간은 모든 행동을 판단하는 기준이다. 시간을 기준으로 보면 옳고 그름을 분명하게 알아볼 수 있는 것이다.

암트하우스 거리의 직물 가게에서 한 여자가 친구에게 이야기하고 있다. 여자는 방금 직장에서 쫓겨난 참이다. 지난 20년간 여자는 의회 사무원으로 일하면서 회의록을 써왔다. 가족의 생계를 맡아왔다. 아직 학교에 다니는 딸도 있고 아침마다 두 시간씩 화장실에 틀어박혀 지내는 남편도 있는데 해고를 당했다. 그녀의 상관은 괴팍한 데다가 지독한 주정뱅이 여자인데, 어느 날 아침에 사무실로 들어오더니 내일까지 책상을 비우라고 말했다. 가게에 있는 친구는 새로 산 식탁보를 곱게 접으면서, 또 방금 해고당한 친구의 스웨터에 붙은 실보무라지를 떼기도 하면서 잠자코 이야기를 듣는다. 두 사람은 내일 아침 10시에 같이 차를 마시기로 한다. 10시. 지금 이 순간으로부터 열일곱 시간 53분 뒤. 일자리를 잃은 친구는 며칠 만에 처음으로 미소를 짓는다. 마음속으로는 부엌 벽에 걸린 채 지금부터 내일 아침 10시까지 쉬지 않고 누구에게 묻지도 않고 혼자 똑딱똑딱 초를 세고 있을 시계를 떠올린다. 그리고 친구의 집에도 비슷한 시계가 같은 동작을 하겠지. 내일 아침 10시 20분 전에 여자는 스카프를 매고 장갑을 끼고 코트를 걸친 다음 시플라우베 거리를 따라 걷다가 니데크 다리를 지나 포스트 거리에 있는 찻집으로 향할 것이다. 도시 반대편에서는 10시 15분 전에 여자의 친구가 초이크하우스 거리에 있는 집을 나서서 같은 장소로 걸어올 것이다. 10시에는 둘이 만날 것이다. 둘은 10시에 만날 것이다.

시간이 절대적인 세계는 위안거리가 있는 세계다. 사람들의 움직임을 내다볼 수는 없지만 시간의 움직임은 내다볼 수 있으니까. 사람들을 의심할 수는 있어도 시간을 의심할 수는 없으니까. 사람들이 생각에 잠겨 있을 사이에도 시간은 뒤돌아보는 법 없이 앞으로 미끄러져 나아간다. 카페에서도, 정부 관청에서도, 제네바 호수에 떠 있는 배에서도 사람들은 시계를 들여다보며 시간 속에서 위안을 얻는다. 자기가 태어난 순간이, 첫걸음마를 한 순간이, 첫 열정의 순간이, 부모에게 작별을 한 순간이 어딘가 기록되어 있다는 것을 저마다 알고 있는 것이다.

1905년 5월 3일

 원인과 결과가 일정하지 않은 세계가 있다고 생각해 보자. 때로는 원인이 결과보다 먼저 오고 때로는 결과가 원인에 선행한다고. 아니면 원인은 영영 과거에, 결과는 영영 미래에 자리 잡고 있지만 과거와 미래가 서로 뒤엉켜 있다고.

 연방의사당 뒤편 전망대의 경치는 기가 막힌다. 아래로는 아레강이 보이고 위로는 베른 알프스가 보인다. 바로 지금 한 사람이 이곳에 서서 무심코 호주머니를 비우면서 울고 있다. 아무 이유 없이 친구들이 그를 따돌린 것이다. 이제는 누구도 그에게 전화를 걸지 않는다. 술집에서 만나 식사나 맥주를 함께 나눌 사람도 없다. 아무도 그를 자기 집으로 초대하지 않는다. 20년 동안 그는 친구들에게 이상적인 친구였다. 그는 친구들에게 넓은 아량을 베풀고, 관심을 보여주고, 나긋나긋하게 말하고, 그들을 아꼈다. 그런데 도대체 무슨 일이 일어난 걸까? 지금으로부터 한 주 뒤, 이 언덕에서 바로 이 사람은 실없는 행동을 하기 시작한다. 아무에게나 욕지거리를 퍼붓고, 냄새나는 옷을 입고 다니며, 인색하게 굴고, 라우펜 거리에 있는 자기 집에 아무도 찾아오지 못하게 한다. 어느 쪽이 원인이고 어느 쪽이 결과이며, 어느 쪽이 과거이고 어느 쪽이 미래일까?

최근 취리히에서는 엄격한 법이 의회에서 통과됐다. 일반인은 권총을 살 수 없게 되었고, 은행과 증권거래소는 감사를 받아야 하며, 리마트강江으로 배를 타고 들어오건 젤나우선線 기차를 타고 오건 취리히로 들어오는 방문객들은 밀수품 수색을 받아야 한다. 경찰력은 두 배로 늘어났다. 이처럼 엄중한 단속이 시행된 지 한 달이 지났을 때 취리히는 사상 최악의 범죄에 몸서리를 친다. 벌건 대낮에 바인 광장에서 살인 사건이 발생하고, 미술관에서는 그림을 도둑맞으며, 뮌스터호프 광장 주변의 교회들 안에서는 사람들이 술을 마신다. 이런 범죄 행동은 시간적으로 엉뚱한 곳에 자리 잡고 있는 것은 아닐까? 아니면 새 법이 반작용이 아니라 작용에 해당하는 것일까?

한 젊은 여자가 식물원의 분수대 근처에 앉아 있다. 여자는 일요일마다 이곳에 와서 흰색 겹바이올렛과 사향장미와 분홍빛 알록달록한 비단향꽃무의 향기를 맡는다. 갑자기 여자는 가슴이 뛰고, 얼굴이 붉어지며, 걸음걸이가 초조해지고, 아무 까닭도 없이 기분이 좋아진다. 며칠 뒤 여자는 어느 청년을 만나 사랑에 푹 빠진다. 이 두 가지 일은 서로 관계가 있지 않을까? 어떤 희한한 관계가 있어서, 시간이 어떻게 꼬여서, 논리가 어떻게 뒤집혀서 벌어지는 일일까?

인과관계가 없는 이 세계에서 과학자는 속수무책이다. 이들의 예측은 모두 회상이 되고 만다. 방정식은 증명으로 변하고 논리는 비논리가 된다. 과학자는 마침내 무모해지고 판돈을 걸지 않고는 도무지 배기지 못하는 노름꾼처럼 중얼중얼거린다. 과학자는 익살꾼이다. 이들이 합리적이기 때문이 아니라 우주가 불합리하기 때문이다. 아니면 우주가 불합리하기 때문이 아니라 이들이 합리적이기 때문일 수도 있다. 인과관계 없는 세계에서 누가 무슨 말을 할 수 있을까?

이 세계에서 예술가는 즐겁다. 이들의 그림과 노래, 소설에서는 예기치 못한 것들이 다반사로 등장한다. 이들은 예측하지 못한 사건에서, 설명할 수도 없고 돌이켜 생각할 수도 없는 일에서 기쁨을 느낀다.

사람들은 순간을 살아가는 방법을 배운다. 논리적으로 보아 과거가 현재에 분명하게 영향을 미치지 않는다면 과거에 미련을 가질 필요가 없다. 마찬가지로 현재가 미래에 그다지 영향을 끼치지 못한다면 현재의 행동이 어떤 결과를 가져올지도 신경 쓸 필요가 없다. 그보다는 오히려, 행동은 저마다 시간 속에서 섬처럼 따로 떠 있는 것이어서 그 자체로만 평가해야 한다. 죽어가는 삼촌을 가족이 위로하는 것은 유산 때문이 아니라 그 순간 그를 사랑하기 때문이다. 사원은 이력서 때문이 아니라 면접에서 좋은 인상을 주기 때문에 채용된다. 윗사람에게서 억압받는 직원들은 모욕을 당할 때마다 앞일을 걱정하는 일 없이 맞서 싸운다. 순간의 세계다. 진실의 세계다. 말로 튀어나오는 것은 모조리 그 순간에만 해당되고, 눈길에는 제각기 한 가지 의미만이 있을 뿐이고, 감촉에는 저마다 과거도 미래도 없으며, 입맞춤은 모두가 순간의 입맞춤이다.

1905년 5월 4일

저녁 무렵이다. 장크트모리츠의 산무레잔 호텔 식당에 남녀 두 쌍이 늘 앉는 자리에 앉아 있다. 스위스 사람들과 영국 사람들로, 이들은 해마다 6월이면 이곳에서 만나 그간의 소식도 나누고 수영도 즐긴다. 남자들은 검은 넥타이와 장식용 허리띠를 두른 멋진 차림을 하고 있고 여자들은 아름다운 야회복을 입고 있다. 종업원이 고상한 마룻바닥을 가로질러 다가와서 주문을 받는다.

"내일 날씨가 맑을 거래. 다행이지 뭐야." 수가 놓인 머리띠를 두른 여자가 말하자 다른 사람들은 고개를 끄덕인다. "난 수영할 때 날씨가 화창하면 기분이 더 좋더라. 아무래도 상관없기는 하지만."

"더블린 경마장에서는 러닝 라이틀리가 승률이 네 배라는 군." 제독이 말한다. "돈이 있으면 그 말에다 걸겠는데." 그는 아내에게 윙크를 해 보인다.

"자네가 기수라면 승률이 다섯 배가 되겠지." 앞자리 남자가 말한다.

여자들은 빵을 쪼개 버터를 바른 다음 나이프를 버터 접시 옆에 가지런히 내려놓는다. 남자들은 계속 입구 쪽을 바라보고 있다.

"냅킨 레이스가 정말 예뻐." 머리띠를 두른 여자가 말한다. 그녀는 냅킨을 들어 펼쳤다가 다시 접어놓는다.

"해마다 그 얘기는 빼놓지 않는구나, 조세핀." 앞자리 여자가 말한다.

식사가 나온다. 오늘 저녁에는 보르들레즈 소스를 곁들인 바닷가재, 그리고 아스파라거스와 스테이크에 백포도주를 마시기로 했다.

"어때, 당신 건 알맞게 익었어?" 머리띠를 두른 여자가 남편을 바라보며 묻는다.

"잘 익었는데. 당신 건?"

"약간 싸한걸. 지난주처럼 말이야."

"그럼 제독, 자네 스테이크는 어때?"

"쇠고기를 마다한 적은 한 번도 없지." 제독은 흥이 나 대답한다.

"자네는 식품 저장실에 별로 드나든 것 같지가 않단 말이야." 맞은편 남자가 말한다. "작년보다 단 1킬로그램도 더 찐 것 같지 않거든. 지난 10년간 조금도 몸이 불지 않았어."

"아마 자네는 몰라보겠지. 그래도 이 사람은 알아본다네." 제독은 그렇게 말하면서 아내에게 윙크한다.

"잘못 기억하고 있는지는 몰라도 올해는 방에 찬 바람이 조금 더 들어오는 것 같아." 제독의 아내가 말한다. 다른 사람들은 바닷가재와 스테이크를 계속 먹으면서 고개를 끄덕인다. "시원한 방에서 자는 게 제일 개운하기는 한데, 찬 바람이 들어오니까 자다가 기침하면서 깨고 그러네."

"담요를 덮어쓰면 되잖아." 맞은편에 앉은 여자가 말한다.

제독의 아내는 그 말이 맞는다고 대답은 하지만 잘 모르겠다는 눈치다.

"머리 위까지 담요를 덮고 자면 괜찮아져." 맞은편 여자가 다시 말해준다. "그린델발트에서는 늘 그렇거든. 내 방 침대 곁에 창문이 있는데, 담요를 코까지 덮고 자면 창문을 열어놔도 되더라고. 찬 공기를 막아주니까."

머리띠를 두른 여자는 고쳐 앉는다. 식탁 밑으로 꼬았던

다리를 푼다.

커피가 나온다. 남자들은 흡연실로, 여자들은 바깥 널따란 베란다로 나가 버들가지로 만들어진 그네 의자에 앉는다.

"지난해는 사업이 어땠나?" 제독이 묻는다.

"그럭저럭." 다른 남자는 브랜디를 홀짝홀짝 마시면서 대답한다.

"애들은?"

"한 살 더 먹었지, 뭐."

베란다에 나간 여자들은 의자에 앉아 흔들흔들하면서 밤 풍경을 바라본다.

그리고 모든 호텔이, 모든 집이, 모든 도시가 이와 조금도 다를 바가 없다. 여기 이 세계에서는 시간이 가기는 해도 그다지 벌어지는 일이 없기 때문이다. 한 해가 다음 해로 바뀌고, 한 달이 다음 달로, 하루가 다음 날로 바뀌어도 벌어지는 일은 거의 없다. 시간과 사건의 경과가 일치한다면 시간은 거의 움직이지 않는 것이다. 시간과 사건이 일치하지 않는다면 거의 움직이지 않는 것은 사람들뿐이다. 이 세계에서 야심이 없으면 그 사람은 알지 못하면서 고통을 당한다. 야심이 있으면 그는 알면서 아주 천천히 고통을 당한다.

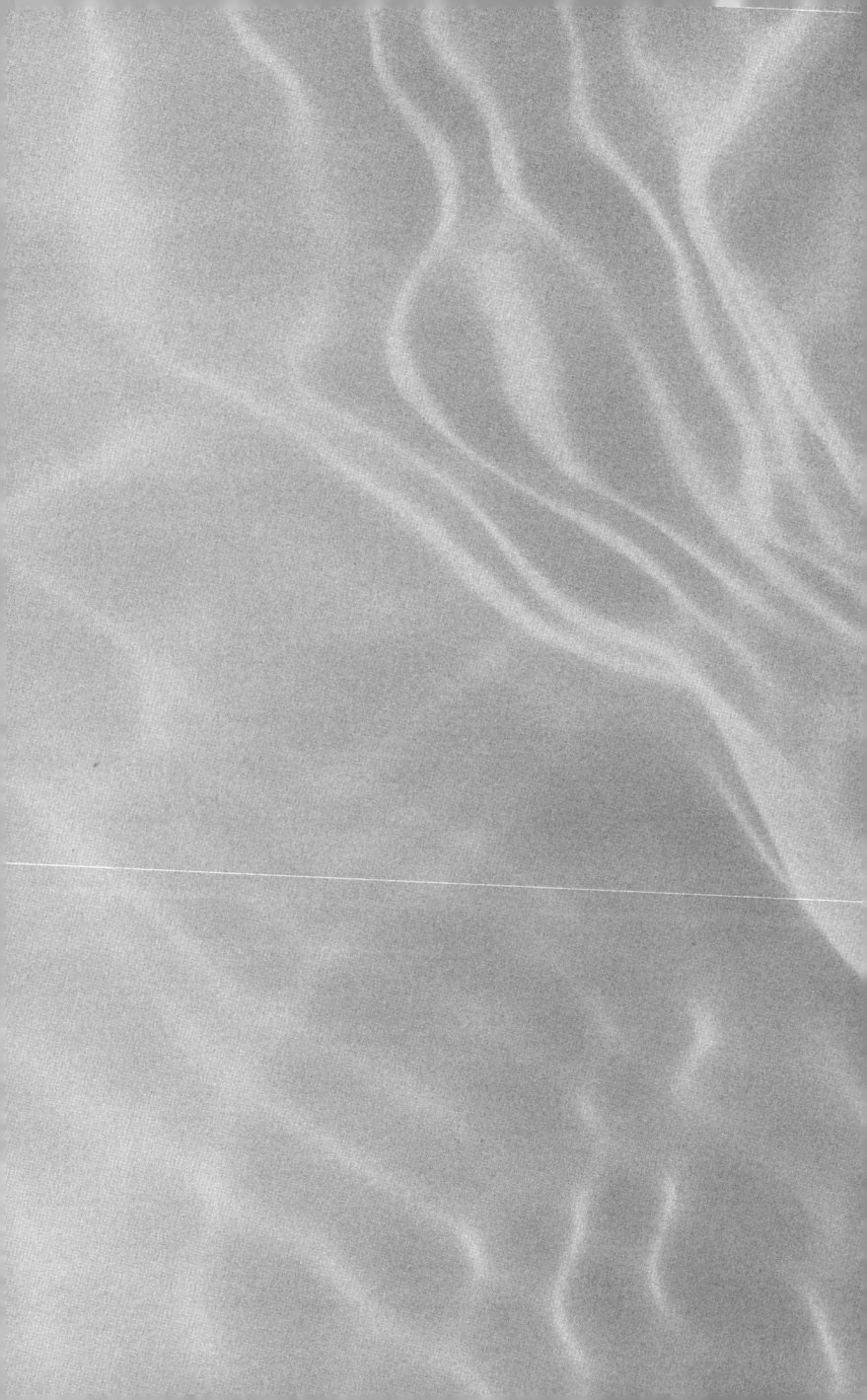

인터루드

 오후 느지막이 아인슈타인과 베소가 슈파이허 거리를 따라 천천히 걸어가고 있다. 지금은 하루 중에서도 조용한 때다. 가게 주인들은 차양을 내린 다음 자전거를 끌어내고 있다. 어느 2층 창에서는 아낙이 밖을 내다보며 딸에게 들어와서 저녁을 지으라고 소리친다.
 아인슈타인은 시간에 대해 알고자 하는 이유를 친구 베소에게 설명하고 있다. 그러나 꿈에 대해서는 아무 말도 하지 않는다. 조금만 더 가면 베소의 집에 도착한다. 가끔 아인슈타인이 거기서 저녁 식사가 끝날 때까지 머무는 통에 밀레바가 젖먹이 아기를 업고 그를 데리러 와야 할 때도 있다. 대개는 지금처럼 아인슈타인이 새로운 연구에 푹 빠져 있을 때에 그렇다. 그는 저녁 식사 내내 식탁 밑으로 다리를 흔들거린다. 아인슈타인은 저녁 식사 손님으로 그리 반가운 사람은 아니다.

아인슈타인은 마찬가지로 키가 작은 베소 쪽으로 몸을 기울이면서 말한다. "시간을 이해하고 싶어 하는 건 신에게 좀 더 가까워지고 싶어서야."

베소는 알겠다고 고개를 끄덕인다. 그렇지만 몇 가지 문제점이 있다고 지적한다. 그중 하나는 어쩌면 조물주는 피조물과 가까워지는 데에 관심이 없을 수도 있다는 점이다. 피조물이 머리가 좋건 좋지 않건 상관없이. 또 다른 한 가지는 그걸 안다고 해서 신에게 가까워지리라는 보장도 없다는 것이다. 나아가 이 시간이라는 연굿거리는 고작 스물여섯 해를 살아온 인간에게는 너무 큰 문제일 수도 있다.

한편으로 베소는 친구가 무슨 일이든 할 수 있지 않을까 생각한다. 올해 벌써 아인슈타인은 박사학위 논문에다가 광자에 관한 논문, 거기다 브라운 운동에 관한 논문까지 끝냈다. 지금 하고 있는 연구는 사실 전기와 자기에 관한 연구에서 시작됐다. 어느 날 갑자기 아인슈타인이 시간에 관한 개념을 새로 세워야 이 연구가 가능하다고 나선 것이다. 베소는 아인슈타인의 야심에 어안이 벙벙할 따름이다.

베소는 한참 동안 아인슈타인이 혼자 생각에 잠기도록 내 버려둔다. 그는 아나가 저녁 식사로 뭘 준비했을까 궁금해 하면서, 아레강에 떠 있는 배가 기울어가는 햇살에 은빛으로 반짝이는 광경을 내려다본다. 두 사람이 걷는 발소리가 자갈 바닥에 부드럽게 저벅거린다. 둘은 취리히에서 학교에 다니던 시절부터 알고 지낸 사이다.

"로마에 계신 형님에게서 편지가 왔어." 베소가 말한다. "한 달 동안 우리 집에 지내러 오신다는군. 아나는 형님을 좋아해. 형님이 늘 아나가 멋지다고 추켜세워 주거든." 아인슈타인은 무심결에 미소 짓는다. "형님이 와 계신 동안에는 퇴근 뒤에 자넬 만날 수가 없을 거야. 괜찮겠나?"

"응?" 아인슈타인은 묻는다.

"형님이 와 계신 동안에는 자넬 자주 만날 수가 없어." 베소는 다시 말한다. "혼자 괜찮겠나?"

"아무렴." 아인슈타인이 말한다. "내 걱정은 안 해도 돼."

베소와 처음 만났을 때부터 아인슈타인은 혼자서도 충분히 잘 지내는 사람이었다. 어린 시절 가족이 이사를 많이 다녔다고 한다. 베소처럼 아인슈타인도 결혼을 한 처지지만 아내와 함께 어디를 가는 일은 거의 없다. 집에 있을 때조차 한밤중에 슬그머니 아내 밀레바 곁을 빠져나와 부엌에서 몇 페이지에 걸친 방정식을 계산한다. 그러고는 그걸 다음 날 사무실에서 베소에게 보여주는 것이다.

　베소는 호기심 어린 눈으로 친구를 바라본다. 저렇게 사귐성이 없고 내향적인 사람한테 신에게 가까이 다가가고자 하는 열정이 있다니, 좀 뜻밖이다 싶은 것이다.

1905년 5월 8일

1907년 9월 26일 세계에 종말이 닥친다. 그 사실을 모르는 사람은 없다.

여느 도시나 시골과 마찬가지로 베른의 사정도 전혀 다르지 않다. 종말이 닥치기 한 해 전에 학교는 문을 닫는다. 미래에 대해 배울 까닭이 뭐가 있나? 남은 미래라 해봐야 아주 짧은데. 수업이 영영 끝나 신바람이 난 아이들은 크람 거리에서 숨바꼭질도 하고, 아어 거리를 달리면서 강에다 물수제비를 뜨기도 하고, 박하사탕과 눈깔사탕에 동전을 몽땅 써버리기도 한다. 부모들은 아이들이 하고 싶은 대로 하도록 내버려둔다.

종말이 있기 한 달 전에 모든 업무는 마감된다. 의회는 회의를 중단한다. 슈파이허 거리에 있는 전화국 건물은 침묵을 지킨다. 라우펜 거리에 있는 시계 공장도, 니데크 다리 건너편에 있는 제분소도 마찬가지다. 남은 시간이 거의 없는데 장사며 공장이 다 무슨 소용인가?

암트하우스 거리에 있는 노천카페에는 사람들이 앉아 커피를 홀짝이며 자신의 인생에 대해 느긋하게 이야기한다. 일종의 해방감 같은 분위기가 감돈다. 예를 들면, 지금 이 순간, 갈색 눈의 여자는 어머니에게 말을 건네고 있다. 자기가 어렸을 적에 어머니가 봉제공으로 일하느라 함께 시간을 보내는 일이 거의 없었다고. 이제 어머니와 딸은 루체른으로 여행을 떠날 계획을 세운다. 얼마 남지 않은 시간을 함께 보낼 작정인 것이다. 다른 테이블에서는 한 남자가, 밉기 한량없는 그의 직장 상사 이야기를 친구에게 털어놓고 있다. 상사는 퇴근 시간이 지난 뒤 탈의실에서 그의 아내와 자주 정을 통했고, 그러면서 그나 아내가 말썽을 일으키면 해고하겠다고 으름장을 놓았다는 것이다. 그렇지만 이제 와서 두려울 게 뭐 있을까? 그는 상사와 담판을 짓고 아내와도 화해했다. 결국 마음을 놓게 된 그는 다리를 쭉 뻗고 알프스산맥을 이리저리 무심하게 바라본다.

마르크트 거리에 있는 빵집에서는 손가락이 굵직한 제빵

사가 반죽을 오븐에 넣고 노래를 부른다. 요즘은 사람들이 빵을 주문할 때 공손하다. 손님들은 미소 띤 얼굴로 돈을 제때제때 낸다. 돈의 가치가 없어져 가고 있으니까. 사람들은 프리부르크로 소풍 갔던 순간들에 대해, 아이들의 이야기를 듣던 소중한 시간에 대해, 오후에 나갔던 긴 산책에 대해 잡담을 나눈다. 세계가 곧 끝나리라는 사실에 아쉬워하는 것 같지는 않다. 다들 같은 운명이니까. 한 달 남은 세계는 평등의 세계다.

종말이 있기 하루 전, 거리에는 웃음이 넘쳐흐른다. 전에는 한 번도 말을 주고받은 적이 없던 이웃이 서로를 친구처럼 맞이하고 옷을 벗고 분수에서 물놀이를 한다. 아레강으로 뛰어드는 사람들도 있다. 수영에 지치면 풀이 무성한 강가에 누워 시를 읽는다. 한 번도 만난 적이 없는 변호사와 우체국 직원이 어깨동무를 하고 식물원을 걸으며, 시클라멘과 과꽃을 보고 미소를 지으면서 미술과 색깔에 대해 이야기를 나눈다. 과거의 직업이 무슨 소용인가? 하루 남은 세계에서는 모두가 평등한 것이다.

아르베르거 거리 옆 골목 그늘진 곳에서는 한 남자와 한 여자가 벽에 기대 앉아 맥주를 마시며 훈제 쇠고기를 먹고 있다. 나중에 여자는 남자를 자기가 살고 있는 아파트로 데리고 갈 생각이다. 결혼은 다른 남자와 했지만 여러 해 동안 이 남자를 원했고, 세계가 끝나기 바로 전 이날에 여자는 소원을 풀 것이다.

몇몇 사람은 거리를 뛰어다니면서 착한 일을 하고 있다. 지난날 저지른 잘못을 바로잡고 싶은 것이다. 어색하게 미소 짓는 사람들은 이들뿐이다.

세계가 끝나기 1분 전에는 다들 미술관 광장에 모인다. 남자, 여자, 아이들이 거대하게 원을 이루고 서서 손을 잡는다. 움직이는 사람은 아무도 없다. 말하는 사람도 없다. 그지없이 조용해서 오른쪽이나 왼쪽에 선 사람의 심장이 뛰는 소리를 들을 수 있을 정도다. 이것이 세계의 마지막 1분이다. 완전한 침묵 가운데, 꽃밭에 있는 자줏빛 용담의 꽃자루 아래로 빛이 맺혀 잠시 반짝거리다가 다른 꽃들 사이로 흩어진다. 미술관 뒤로는 낙엽송 잎이 나무 사이로 지나는 산들바람에 살며시 흔들린다. 숲속을 지나 더 뒤쪽으로는 아레강 표면에 도는 물결마다 반사되는 햇살이 너울너울 비친다. 동쪽으로는 붉고 섬세한 성 빈첸츠 대성당의 뾰족탑이 하늘로 솟아 있다. 탑의 돌조각이 나뭇잎의 잎맥처럼 섬세하다. 그리고 더 위로는 알프스의 눈 덮인 꼭대기가 흰빛과 자줏빛으로 뒤섞이고 어우러지며 말없이 우뚝 서 있다. 하늘에는 한 조각 구름이 떠 있다. 참새가 퍼드덕 날아간다. 아무도 입을 열지 않는다.

    마지막 순간이 되니 마치 모두 함께 손을 잡고 토파즈 봉우리에서 뛰어내린 것 같다. 종말은 다가오는 땅바닥같이 다가온다. 시원한 공기가 스쳐 지나가고 몸은 무게가 없다. 고요함이 몇 킬로미터에 걸쳐 펼쳐져 있다. 그리고 그 아래로, 광대한 눈밭이 이 분홍빛 생명의 원을 감싸려고 가까이 가까이 덮쳐 온다.

1905년 5월 10일

 늦은 오후, 잠깐 동안 해가 눈 덮인 알프스산맥의 봉우리 위에 걸친다. 마치 얼음에 닿은 불 같다. 기다란 빛줄기가 산에서 쏟아져 나와 잔잔한 호수를 건너 아랫녘 마을에 그림자를 드리운다.

 여러모로 이곳은 전체가 한 조각으로 이루어진 온전한 마을이다. 가문비나무와 낙엽송과 스위스 잣나무가 북쪽과 서쪽으로 완만하게 경계를 이루고 있고, 더 위쪽으로는 참나리와 자줏빛 용담과 매발톱꽃이 피어 있다. 마을 근처에 있는 목장에서는 버터와 치즈와 초콜릿을 얻기 위해 기르는 소들이 풀을 뜯는다. 조그만 방직공장에서는 비단과 리본과 면직물을 만들어낸다. 교회 종소리가 울린다. 훈제 쇠고기 냄새가 거리와 골목길을 메운다.

자세히 들여다보면 이 마을은 여러 조각으로 이루어져 있다. 어느 동네는 15세기에 살고 있다. 이곳에는 거친 돌로 지어진 집의 여러 층이 옥외 계단과 발코니로 연결되어 있는가 하면, 위쪽 박공은 벌어져 있어 바람이 드나든다. 지붕 위 돌 틈에는 이끼가 자란다. 다른 동네는 18세기를 그림으로 보는 듯하다. 검붉은 타일이 일직선 지붕과 각을 이루고 줄지어 있다. 타원형 창이 달린 교회에는 계단식 처마가 돌출된 로지아 복도[†]와 화강암 난간이 있다. 또 다른 동네는 현대적이다. 거리마다 아케이드가 늘어서 있고 발코니에는 금속 난간이 있으며 건물 앞면은 매끈한 사암으로 되어 있다. 이 마을에서는 동네가 저마다 다른 시간대에 들러붙어 있다.

오늘 이 늦은 오후, 눈 덮인 알프스의 봉우리 위에 해가 걸치는 이 짧은 시간에, 호숫가에 앉는 사람은 시간의 질감에 대해 곰곰이 생각하게 된다. 추측건대 시간은 매끈할 수도 거칠 수도 있고, 우둘투둘할 수도 비단 같을 수도 있고, 단단할 수도 말랑말랑할 수도 있다. 그렇지만 이 세계에서 시간은 정말 우연히도 끈끈하다. 마을의 부분 부분이 역사의 한

[†] 한쪽 또는 그 이상의 면이 트여 있는 방이나 복도.

순간에 들러붙어 빠져나오지 못하는 것이다. 마찬가지로 사람들 개개인도 각자 일생의 한 시점에 들러붙어 벗어나지 못한다.

바로 지금, 산 밑에 있는 어느 집에서 어떤 남자가 친구와 이야기를 나누고 있다. 학창 시절 이야기를 하는 중이다. 수학과 역사 과목 우등상이 벽에 걸려 있고 책장에는 운동 경기에서 받은 메달과 트로피가 있다. 여기 탁자 위에는 펜싱팀 주장일 때에 찍은 사진이 놓여 있다. 사진 속에서 그를 안고 있는 다른 소년들은 나중에 대학을 졸업하고 기술자나 은행원이 됐고 결혼도 했다. 저기 서랍 속에는 20년 전에 입었던 옷이 있다. 펜싱 블라우스와 지금은 허리가 너무 끼는 트위드 바지. 함께 있는 친구는 몇 년 동안 이 사람을 다른 친구들에게 소개해 주려고 애쓰는 사람으로, 예의 바르게 고개를 끄덕이면서 이 작은 방에서 애써 소리 없이 숨 쉬고 있다.

또 어느 집에서는 두 사람 몫의 식기를 준비해 놓은 식탁에 한 남자가 앉아 있다. 10년 전, 아버지와 마주 앉았던 때에 그는 아버지에게 사랑한다는 말을 할 수 없었다. 혹시 친근했던 순간이 있었을까 하여 어린 시절을 모조리 뒤져보아도 아버지가 책을 읽으며 말없이 앉아 있는 기억만 났고, 그는 아버지에게 사랑한다는 말을 할 수 없었다. 그는 아버지에게 사랑한다는 말을 도무지 할 수 없었다. 식탁에는 어제 저녁과 마찬가지로 접시 두 개, 잔 두 개, 포크 두 개가 놓여 있다. 남자는 먹기 시작하지만 곧 먹지 못하고 견딜 수 없다는 듯이 흐느낀다. 그는 아버지에게 사랑한다는 말을 한 번도 한 적이 없는 것이다.

또 어떤 집에서는 한 여자가 아들의 사진을 사랑스럽게 바라본다. 미소를 띤 총명한 인상의 청년이다. 여자는 소식이 닿지 않은 지 오래된 주소로 편지를 쓰며 답장이 오리라는 즐거운 상상에 빠져 있다. 그때 아들이 문을 두드리지만 여자는 대답하지 않는다. 그때 아들은 푸석한 얼굴에 안경을 걸친 채 창을 올려다보며 돈을 보태달라고 소리치지만 여자는 듣지 않는다. 그때 아들은 비틀거리는 걸음으로 제발 만나달라는 내용의 쪽지를 남기지만 여자는 거들떠보지도 않고 쪽지를 팽개쳐 버린다. 그때 아들은 밤에도 집 밖에 서 있지만 여자는 일찍 잠자리에 든다. 아침이면 여자는 아들의 사진을 들여다보며 소식이 닿지 않은 지 오래된 주소로 편지를 쓴다.

어느 독신 여자는 자신을 사랑한 청년의 얼굴을 침실 거울에서 보고, 자신이 일하는 빵집 천장에서 보고, 호수 물결 위에서 보고, 하늘에서 본다.

여기 이 세계의 비극은 고통의 시간에 들러붙은 사람이건 기쁨의 시간에 들러붙은 사람이건 누구도 행복하지 않다는 것이다. 이 세계의 비극은 모두가 혼자라는 것이다. 과거의 삶을 현재 나눌 길은 없으니까. 시간에 들러붙은 사람은 누구나 혼자다.

1905년 5월 11일

마르크트 거리를 걸으면 놀랄 만한 광경을 보게 된다. 과일 가게에는 버찌가 줄을 맞춰 늘어서 있고, 양품점에는 모자가 잘 정돈되어 있으며, 발코니에는 꽃들이 완벽한 대칭을 이루며 꽂혀 있고, 빵집 바닥에는 빵 부스러기 하나 떨어져 있지 않으며, 매점 돌바닥에는 우유 얼룩이 전혀 없다. 정리되지 않은 채 버려진 것은 아무것도 없다.

기분 좋게 식사를 마친 손님들이 식당을 나서면 식탁은 전보다 더 깔끔하게 치워진다. 실바람이 거리를 지날 때면 거리를 청소하며 흙과 먼지를 마을 한쪽으로 쓸어간다. 물결이 일어 강변을 씻어 내릴 때면 강기슭은 다시 제 모습을 찾는다. 나뭇잎은 나무에서 떨어질 때면 무리 지어 날아가는 철새처럼 V자 모양으로 늘어선다. 구름이 만든 얼굴 모습은 그 모양 그대로 간직된다. 담뱃대에서 피어오른 연기가 방 안에 들어오면, 검댕은 방의 한쪽 구석으로 날아가며 맑은 공기를 더럽히지 않는다. 발코니에 입힌 칠은 비바람을 맞아도 시간이 지날수록 빛깔이 선명해진다. 깨진 꽃병 조각은 천둥소리에 벌떡 튀어 올라 오밀조밀 제자리에 정확하게 도로 붙는다. 지나가는 손수레에서 풍겨오는 계피 향은 흩어지지 않고 오히려 시간이 지나면서 더욱 진해진다. 이런 일이 벌어진다면 이상하게 보일까?

이 세계에서는 시간이 지날수록 질서가 잡혀간다. 질서는 자연의 법칙이며, 만유에 깃든 경향이고, 우주 전체가 나아가는 방향이다. 시간이 화살이라면 그 화살이 질서를 향해 날아가는 것이다. 미래는 규칙이고 조직이며 통합이고 응집인 반면, 과거는 우연이고 혼란이며 분열이고 확산이다.

철학자들은 시간에 질서로 향해 가는 경향이 없다면 의미가 없을 것이라고 주장한다. 미래는 과거와 구별되지 않을 것이고, 여러 사건의 결과는 제각기 수천수만의 소설에서 아무렇게나 뽑아낸 한 장면에 지나지 않을 것이고, 역사는 저녁때에 나무 꼭대기로 천천히 엉겨가는 안개처럼 희미할 것이라고 말한다.

이와 같은 세계에 사는 사람들은 어수선한 집에 살면서 침대에 누워 자연의 힘이 창틀에서 먼지를 떨어내고 신발장 속의 신을 가지런히 정돈해 주기를 기다린다. 일거리가 잡다하게 널려 있어도 사람들은 소풍을 가고, 그 사이에 시간 계획이 서고 약속 시간이 정해지고 통장이 정리된다. 립스틱과 빗과 편지를 핸드백 속에 아무렇게나 쑤셔 넣어도 알아서 저절로 정돈될 것이므로 마음이 든든하다. 정원의 나무는 가지치기를 할 필요가 없고 잡초를 뽑을 일도 전혀 없다. 저녁때에 마룻바닥에 내던져 둔 옷이 아침에는 의자에 걸려 있다. 잃어버린 양말이 다시 나타난다.

봄에 도시에 온다면 놀랄 만한 광경을 또 하나 보게 된다. 봄철이 되면 사람들이 질서에 대해 염증을 느끼기 때문이다. 봄이 오면 사람들은 집 안에 쓰레기를 마구 버린다. 먼지를 집 안으로 쓸어 넣고, 의자를 부수고, 창을 깬다. 아르베르거 거리나 다른 어느 주택가를 가보아도 봄철에는 유리가 깨지는 소리, 고함, 으르렁대는 소리, 웃음소리를 들을 수 있다. 봄이면 사람들은 약속 시간도 정하지 않은 채 만나고, 수첩을 태우고, 시계를 내던져 버리며, 밤이 새도록 술을 마신다. 이 같은 멋대로의 행동은 여름까지 계속된다. 여름이 되면 사람들이 제정신을 되찾고 질서가 다시 돌아온다.

1905년 5월 14일

 시간이 가만히 서 있는 곳이 있다. 빗방울이 꼼짝도 하지 않고 공중에 멈춰 있다. 시계추는 반쯤 흔들리다 말고 둥둥 떠 있다. 개들은 코를 쳐들고 소리 없이 짖는 자세다. 행인들은 실로 매달려 있기라도 한 듯 다리를 허공에 든 채 먼지 낀 거리에 얼어붙어 있다. 대추야자와 망고, 고수와 커민의 향이 공기 중에 멈춰 있다.

 방문객이 바깥에서 이곳으로 들어오면 어느 쪽에서 다가오든 차차 느리게 움직이게 된다. 맥박이 점점 느려지고, 숨도 느리게 쉬고, 체온이 떨어지며, 생각도 흐릿해지다가, 한가운데에 다다르면 멈추게 된다. 이곳은 시간의 중심지이기 때문이다. 이곳으로부터 시간은 바깥으로 동심원을 그리면서 나아간다. 한가운데에서는 멈춰 있고 중심으로부터 멀어질수록 차차 속도가 빨라진다.

시간의 중심지로 순례를 떠나는 사람들은 누구일까? 아이가 있는 부모들과 연인들이다.

그래서 시간이 서 있는 곳에 가면 부모가 아이를 끌어안은 채 절대로 놓아주지 않고 가만히 있는 광경을 보게 된다. 푸른 눈에 금발이 아름다운 어린 딸은 얼굴에 띤 그 미소를 거둘 줄 모르고, 발그레한 볼 빛은 절대로 사라지지 않을 것이며, 주름살이 생기거나 기운이 빠지지 않을 것이고, 다치는 일도 절대로 없을 것이며, 부모가 가르쳐준 것들을 잊어버리는 일이 절대로 없을 것이고, 부모가 모르는 생각을 하는 법이 없을 것이며, 악을 전혀 모를 것이고, 부모에게 사랑하지 않는다는 말을 절대로 하지 않을 것이며, 바다가 보이는 그 방을 절대로 나서지 않을 것이고, 절대로 부모에게서 손을 떼는 일 없이 지금 그대로 있을 것이다.

또 시간이 가만히 서 있는 곳에 가면 건물 그늘에서 연인들이 끌어안은 채 입맞춤을 하면서 절대로 놓아주지 않고 가만히 있는 광경을 보게 된다. 사랑하는 남자는 지금 팔을 걸치고 있는 그 자리에서 팔을 절대로 떼지 않을 것이고, 추억이 담긴 팔찌를 절대로 되돌려주지 않을 것이며, 연인을 두고 멀리 여행을 떠나는 일이 절대로 없을 것이고, 스스로를 희생하여 위험에 빠지는 일이 전혀 없을 것이며, 사랑을 보여주지 못하는 일이 결코 없을 것이고, 질투하는 법이 없을 것이며, 다른 사람을 사랑하는 일은 절대로 없을 것이고, 시간 속에서 지금 이 순간 지니고 있는 정열을 절대로 잃지 않을 것이다.

조각상처럼 서 있는 이 사람들을 비추는 불빛은 아주아주 약한 붉은빛이라는 점을 생각해 둘 필요가 있다. 시간의 한가운데에서 빛은 거의 아무것도 없는 상태로 줄어들기 때문이다. 빛의 진동은 거대한 계곡 속의 메아리처럼 느려지고, 빛의 세기 또한 희미한 반딧불처럼 약해진다.

시간의 한가운데에 있지 않은 사람들은 움직이기는 하지만 마치 빙하가 움직이는 듯한 속도로 움직인다. 머리를 빗는 데 1년이 걸릴 수도 있고, 입맞춤 한 차례에 천 년이 걸릴 수도 있다. 얼굴에 지은 미소가 엷어져 가는 사이에 바깥 세계에서는 계절이 여러 번 바뀐다. 아이를 얼싸안는 사이에 여기저기에 다리가 새로 건설된다. 작별 인사를 나누는 사이에 도시가 무너져 내리고 기억 속에서 사라진다.

그리고 바깥 세계로 돌아간 사람들은…… 아이들은 금방 자라나서 부모가 수 세기에 걸쳐 안아주었던 일도 그저 몇 초간의 일로 잊어버린다. 아이들은 어른이 되어 부모로부터 멀리 떨어진 곳에서 살고, 자기 집을 마련하고, 각자 나름대로 살아가는 방법을 배우고, 고통을 겪으며 늙어간다. 아이들은 부모가 자기를 품 안에 영영 끼고 있으려 했다는 이유로 부모를 저주하고, 자기 피부에 주름이 잡히고 목소리가 쉬어간다는 이유로 시간을 저주한다. 이제 늙어버린 아이들 역시 시간을 멈추고 싶어 하지만 멈추고 싶은 순간은 부모들과 다르다. 이들은 자기 자신의 아이들을 시간의 한가운데에 묶어두고 싶은 것이다.

바깥으로 돌아간 연인들은 친구들이 가버린 지 오래라는 것을 알게 된다. 어쨌거나 평생이 수도 없이 흘렀으니까. 이들은 알지 못하는 세계 속에서 움직인다. 바깥으로 돌아간 연인들은 여전히 건물 그늘에서 끌어안지만, 지금은 끌어안아도 빈 마음에다 혼자인 것 같다. 이윽고 이들은 여러 세기에 걸쳐 했던 약속도 그저 몇 초간의 일로 잊어버린다. 낯선 사람들 사이에서도 질투를 느끼고, 서로에게 상처 주는 말을 하며, 열정을 잃고, 서로 서먹해지고, 알지 못하는 세계 속에서 홀로 늙어간다.

어떤 사람들은 시간의 한가운데에는 가지 않는 것이 제일이라고 생각한다. 인생은 슬픔이 담긴 그릇이지만 삶을 사는 것은 숭고한 일이고, 시간이 없으면 삶도 없다고. 또 어떤 사람들은 다르게 생각한다. 이들은 만족스러운 기분을 영원히 간직하고자 한다. 설혹 그 영원이 표본 상자 속에 박제된 나비처럼 꼼짝도 하지 않는 것이라 해도.

1905년 5월 15일

 시간이라는 것이 없는 세계를 생각해 보자. 오로지 고정된 상像만이 있는 세계.

 처음 바라보는 바다에 말을 잃은 여자아이. 새벽에 발코니에 서 있는 여자, 늘어뜨린 머리, 느슨하게 걸친 실크 잠옷, 맨발, 입술. 크람 거리의 체링거 분수 근처 아케이드의 둥그런 아치, 사암, 대리석. 어느 여자의 사진을 손에 들고 자신의 서재에 조용히 앉아 있는 남자, 그의 고통스러운 얼굴빛. 날개를 펼친 채 하늘에 갇힌 물수리, 그 깃털 사이로 뚫고 내려오는 햇살. 텅 빈 강당에 앉아 있는 소년, 무대 위에 오르기라도 한 듯 뛰는 가슴. 눈 덮인 겨울 어느 섬에 찍혀 있는 발자국. 밤에 물에 떠 있는 배, 검은 하늘에서 붉게 빛나는 별처럼 어슴푸레 아득한 뱃전의 불빛. 잠겨 있는 약상자. 땅에 떨어진 울긋불긋한 가을 낙엽 한 잎. 만날 일이 있어서 헤어진 남편이 사는 집까지 오기는 했으나 집 옆 풀숲에 쭈그리고 앉아 기다리는 여자. 봄날에 내리는 가랑비, 비를 맞으며 자신이 사랑하는 곳을 마지막으로 걷는 청년. 창틀에 쌓인 먼지. 마르크트 거리의 진열대 위에 가득 쌓인 후추, 그 노란빛, 초록빛, 붉은빛. 짙푸른 하늘을 뚫고 삐죽 솟아오른 하얀 마테호른산의 봉우리, 그 아래 푸른 계곡과 통나무 집. 바늘귀. 나뭇잎에 맺힌 이슬, 수정 같은 영롱함. 침대에서 흐느끼는 어머니, 방 안을 떠도는 바질의 냄새. 클라이네 샨체 공원에서 자전거를 타는 아이, 그 얼굴에 떠오른 평생의 미소. 높이 솟은 팔각형의 기도탑, 옥외 발코니, 엄숙함, 빙 둘러 있는 수많은 팔. 이른 아침 호수에서 피어오르는 수증기. 열려 있는 서랍. 카페에 앉은 두 친구, 등불을 받는 한 친구 얼굴, 그늘 속에 있는 다른 친구 얼굴. 창에 기어다니는 벌레를 지켜보는 고양이. 벤치에 앉아 편지를 읽는 젊은 여자, 푸른 눈에 고인 기쁨의 눈물. 삼나무와 가문비나무가 늘어선 넓디넓은 들판. 늦은 오후 창을 통해 방 안 깊숙이 스며들어 오는 햇살. 공중으로 뿌리를 드러낸 채 쓰러져 있는 우람한 나무, 아직도 푸른 껍질과 가지. 순풍을 받는 하얀색 요트, 커다란 흰 새의 날개처럼 펄럭이는 돛. 식당에 단둘이 남은 아버지와 아들, 슬픈 얼굴로 식탁보를 바라보는 아버지. 오후 햇살을 받아 초록빛, 자줏빛이 어우러진 풀밭과 나무 마차와 암소 떼가 내다보이는 동그란 창. 방바닥에 깨진 병 하나, 틈새기로 새어 나온 갈색 액체, 눈이 충혈된 여자. 부엌에서 손자를 위해 아침 식사를 준비하는 노인, 창밖으로 희게 칠한 벤치를 내다보고 있는 사내아이. 흐릿한 스탠드 불빛 옆 탁자에 놓여 있는 낡은 책 한 권. 바람에 하얗게 부서지는 파도. 머리칼이 젖은 채 소파에 누워 다시는 만나지 않을 남자의 손을 잡고 있는 여자. 아치 곡선이 우아한 돌다리 위를 달리는 빨간 기차, 다리 아래로 흐르는 강물, 멀리 점같이 자그맣게 모여 있는 집. 창으로 들어오는 햇살 속에 떠 있는 먼지 알갱이. 고동치며 흐르는 피가 보일 정도로 투명한 목. 알몸으로 서로 끌어안고 있는 남녀. 보름날 밤 푸르른 나무 그림자. 세찬 바람이 끊이지 않는 산꼭대기, 사방의 낭떠러지, 쇠고기 치즈 샌드위치. 아버지에게 뺨을 맞고 움찔하는 꼬마, 화가 나 꽉 다문 아버지의 입술, 영문을 모르는 꼬마. 거울 속의 낯선 사람, 희끗희끗한 귀밑머리. 손에 든 수화기에서 귓속으로 들어오는 말에 화들짝 놀라는 청년. 가족사진, 젊고 온화한 부모, 넥타이와 드레스 차림으로 미소 짓는 아이들. 울창한 나무 사이로 어렴풋이 보이는 아득한 불빛. 붉게 물든 저녁놀. 약하지만 깨지지 않은 흰 달걀. 파도에 뭍으로 밀려온 푸른 모자. 강물에 떠 다리 밑을 지나는 장미 꽃다발, 그 위로 솟아오른 성. 격정적이고 짓궂지만 설렘을 주는 연인의 빨간 머리칼. 젊은 여자의 손에 들려 있는 보랏빛 꽃창포 꽃잎. 사면이 둘러싸인 벽, 창 두 개, 침대 두 개, 탁자 한 개, 벌건 얼굴에 눈물 어린 두 사람이 있는 방. 첫 입맞춤. 우주에, 바다에, 침묵에 갇힌 행성. 창문의 물 한 방울. 둘둘 말린 밧줄. 노란 머리빗.

1905년 5월 20일

슈피탈 거리의 붐비는 가게를 한번 죽 훑어보면 이 세계가 어떤 곳인지 알 수 있다. 장을 보러 나온 사람들이 머뭇머뭇 이 가게에서 저 가게로 옮겨 다니면서 어느 가게에서 무얼 파는지 알아보고 있다. 잎담배는 이 가게에 있는데, 겨자씨는 어디 있지? 사탕무는 이 가게에, 그럼 대구는? 염소젖은 이 가게에 있는데, 사사프라스 나무껍질은? 이들은 베른에 처음 온 관광객이 아니다. 베른 시민이다. 그러나 이틀 전에 17번지에 있는 페르디난트 가게에서 초콜릿을 샀다거나 36번지에 있는 호프 정육점에서 쇠고기를 샀다는 사실을 기억하는 사람은 아무도 없다. 어디서 무얼 파는지 매번 새로 알아내야 하는 것이다. 지도를 들고 다니는 사람이 많다. 태어날 때부터 살아온 도시지만, 여러 해 동안 다닌 거리지만 이들은 지도를 들고 이 아케이드에서 저 아케이드로 헤매 다닌다. 수첩을 들고 다니는 사람도 많다. 알아낸 것이 머릿속에 잠깐 남아 있는 동안 적어두려는 것이다. 여기 이 세계에서는 사람들에게 기억이라는 것이 없기 때문이다.

날이 저물어 집으로 돌아갈 때가 되면 사람들은 저마다 주소록을 들여다보고 자기 집이 어딘지를 찾아낸다. 하루 동안 판 것이 그리 많지 않은 정육점 주인이 자기 집이 네겔리 거리 29번지라는 사실을 알아낸다. 증권시장에 관한 짧은 기억으로 몇 건 그럴듯한 투자 실적을 올린 증권 중개인은 주소록을 보니, 현재 분데스 거리 89번지가 자기 집이라고 되어 있다. 남자들이 제각기 일터에서 돌아와 집에 도착하면 현관에 아내와 아이들이 기다리고 있다. 남자는 자기가 누구인지 알리고, 저녁 식사 준비를 거들고, 아이들에게 이야기책을 읽어준다. 마찬가지로 여자들도 일터에서 집으로 돌아오면 남편과 아이들과 소파, 전등, 벽지, 도자기의 무늬를 마주한다. 밤이 되면 아내와 남편은 그날 무슨 일을 했는지, 아이들이 학교에서 어떻게 지내는지, 은행 잔고는 얼마나 남았는지 서로 이야기를 주고받느라 식탁에 머무르지 않는다. 그보다는 서로 미소 지으면서 15년 전에 처음 만났을 때와 다름없이 가슴이 뛰고 다리 사이가 아려오는 것을 느낀다. 둘은 알아보지 못하는 가족사진을 지나 침실을 찾아내서 뜨거운 밤을 지낸다. 육체적인 열정을 둔하게 하는 것은 습관과 기억뿐이기 때문이다. 기억이 없으면 매일 밤이 첫 밤이고, 매일 아침이 첫 아침이며, 입맞춤을 할 때마다, 손길이 닿을 때마다 그때가 처음인 것이다.

기억이 없는 세계는 현재의 세계다. 과거는 책 속에서만, 기록 속에서만 존재한다. 자기 자신을 알기 위해서는 제각기 자신의 일기책을 가지고 다녀야 한다. 거기에는 자기 인생의 역사가 가득 적혀 있다. 날마다 그 책을 읽어서 자기 부모들의 신분을 다시 알아내고, 자기가 귀족 태생인지 천민 태생인지, 학교에서 공부를 잘했는지 못했는지, 살아오면서 뭔가 이룩해 놓은 것이 있는지 없는지를 알아내는 것이다. 일기책이 없으면 그 사람은 스냅사진이나 2차원의 인상, 유령과 다를 바가 없다. 나무가 우거진 브룽가스 언덕 위 카페에 앉아 있으면 자신이 살인을 저지른 적이 있다는 것을 막 알게 된 남자의 비명이, 왕자의 청혼을 받은 적도 있었음을 알게 된 여자의 한숨이, 10년 전에 대학을 수석으로 졸업했다는 사실을 알게 된 여자가 갑자기 떠벌리는 소리가 들린다. 어떤 사람은 해 질 무렵에 책상머리에 앉아 일기를 읽기도 하고, 또 어떤 사람은 그날 있었던 일을 일기책 빈 곳에 허겁지겁 채워 넣기도 한다.

세월이 갈수록 일기책은 점점 두꺼워지고 나중에는 한 번에 다 읽을 수 없는 분량이 된다. 그때가 되면 골라 읽어야 한다. 나이 든 사람들은 앞부분을 읽어 젊은 시절에 대해 알아볼 수도 있고, 뒷부분을 읽어 나이 든 다음이 어찌 되었나를 알아볼 수도 있다.

일기를 아예 읽지 않게 된 사람들도 있다. 이들은 과거를 내버린 사람들이다. 어제 자기가 부자였건 가난했건, 배운 것이 많았건 적었건, 당당했건 겸손했건, 사랑에 빠졌건 마음이 공허했건 상관이 없다고 판단한 것이다. 그보다는 산들바람이 머리칼을 스칠 때 어떻게 살랑이는가를 아는 것이 더 중요하다고 생각한다. 그런 사람들은 상대방을 똑바로 쳐다보며 손을 힘 있게 잡는다. 그런 사람들은 젊은 시절과 마찬가지로 가벼운 걸음걸이로 걷는다. 그런 사람들은 기억이 없는 세계를 살아가는 방법을 터득한 것이다.

1905년 5월 22일

　새벽. 살구색 안개가 강물의 숨결을 타고 도시를 지나간다. 해는 니데크 다리 너머에서 기다리면서 크람 거리를 따라 길고 발그레한 빛살을 쏘아, 시간을 재는 거대한 시계를 비추고 발코니 아래쪽을 밝힌다. 아침의 소리가 빵 냄새처럼 거리를 따라 모락모락 피어오른다. 아이가 잠에서 깨어나 엄마를 찾으며 운다. 양품점 주인이 마르크트 거리에 있는 가게에 도착할 무렵 차양이 조용히 삐걱댄다. 강에서 엔진 소리가 잔잔하게 들린다. 아케이드 밑에서 두 여자가 나직이 이야기를 주고받는다.

　안개와 밤 속에서 도시가 녹아 나오면 이상한 광경을 보게 된다. 한쪽에는 반쯤 짓다가 만 낡은 다리가 있다. 또 한쪽에는 기초만 세운 채 짓다가 만 집이 있다. 또 한쪽에는 아무 까닭도 없이 거리가 동쪽으로 구부러져 있다. 저쪽에는 시장 한가운데에 은행이 우뚝 서 있다. 성 빈첸츠 대성당의 스테인드글라스 아랫부분에는 종교적인 장면이 새겨져 있는가 하면 윗부분에는 갑자기 알프스의 봄 풍경이 그려져 있다. 어떤 사람은 연방의사당 쪽으로 가다가 문득 멈춰 서더니 손을 머리에 대고 흥분하며 소리를 지르고는 방향을 틀어 반대쪽으로 서둘러 간다.

여기 이 세계는 계획이 바뀌는 세계다. 갑작스레 기회가 생겨나고 뜻밖의 예지豫知가 떠오르는 세계다. 이 세계에서는 시간이 꾸준하게 흐르지 않고 불규칙하게 흐른다. 그 결과 사람들은 언뜻언뜻 미래를 내다보게 된다.

아들이 살게 될 곳이 어딘지에 대한 예지가 갑자기 떠오른 어머니는 집을 팔고 그 근처로 이사를 간다. 미래의 상업 중심지가 어딘지 알게 된 건축기사는 그쪽으로 방향을 틀어서 길을 닦는다. 문득 자기가 꽃집을 열 것을 알게 된 소녀는 대학교에 다니지 않겠다고 마음먹는다. 앞으로 결혼하게 될 여자를 언뜻 보고 나면 청년은 그 여자를 기다린다. 취리히의 법정에서 판사 복장을 한 자신의 모습을 언뜻 보고 나면 변호사는 베른에서 다니던 직장을 그만둔다. 사실 이미 미래를 보았는데 현재를 계속하는 것이 무슨 의미가 있을까?

자기 자신에 대한 미래의 한 장면을 본 사람들에게 이 세계는 성공이 보장된 세계다. 승진으로 이어지지 않는 일은 거의 시작하지 않는다. 운명의 도시로 연결되지 않는 길은 거의 가지 않는다. 장래에 친구가 되지 않을 사람은 거의 사귀지 않는다. 열정을 헛되이 낭비하는 일이 거의 없다.

자신의 미래를 내다보지 못한 사람에게 이 세계는 불안의 세계다. 장차 무슨 직업을 얻게 될지도 모르면서 어떻게 대학교에 등록할 수 있을까? 슈피탈 거리에다 약국을 차리면 더 장사가 잘될지도 모르는데 어떻게 마르크트 거리에 약국을 차릴 수 있을까? 이 남자가 나중에 다른 여자에게 눈을 돌릴지도 모르는데 어떻게 그와 사랑을 나눌 수가 있을까? 이런 사람들은 하루 내내 잠을 자면서 환상이 떠오르기를 기다린다.

그래서 미래의 단면이 잠시 보이는 이 세계에서는 모험을 하는 일이 거의 없다. 장래를 내다본 사람은 모험을 할 필요가 없고, 장래를 내다보지 못한 사람은 모험을 하지 않으면서 예지가 떠오르기를 기다린다.

미래를 내다본 사람 가운데 몇몇은 그 미래를 피하려고 갖은 애를 다 쓴다. 어떤 사람은 루체른에서 변호사를 하는 자신의 모습을 본 다음 뇌샤텔로 가서 미술관에 딸린 정원을 돌본다. 어떤 청년은 아버지가 얼마 뒤 심장병으로 죽는 미래의 한 장면을 본 다음 아버지와 함께 열심히 항해를 다닌다. 어떤 젊은 여자는 딴 사람과 결혼할 것을 미리 보았음에도 일부러 엉뚱한 사람과 사랑에 빠진다. 이런 사람들은 새벽에 발코니로 나와 미래는 바꿀 수 있다고, 미래는 수천 가지가 있을 수 있다고 소리친다. 세월이 지나면 뇌샤텔에서 정원사로 일하는 사람은 얼마 안 되는 봉급에 싫증을 느끼고 루체른에 가서 변호사가 된다. 아버지는 심장마비로 죽고 아들은 아버지를 진작 편안히 모실걸 하면서 스스로를 책망한다. 젊은 여자는 남자에게서 버림받아 다른 남자와 결혼하고, 그 남자는 여자가 혼자 괴로워하도록 내버려둔다.

시간이 일정하게 흐르지 않는 이 세계에서 누가 더 성공할 수 있을까? 미래를 보고 나서 한 가지 길로만 살아가는 사람들일까? 미래를 보지 못해서 삶을 뒤로 미루고 있는 사람들일까? 아니면 미래를 거부하고 두 가지 삶을 사는 사람들일까?

1905년 5월 29일

 여기 이 세계 속으로 갑자기 떠밀려 들어오는 사람이 있다면 그 사람은 집이나 건물을 잘 피해야 한다. 모든 것이 움직이기 때문이다. 단층집도 아파트도 바퀴를 달고 있어서 반호프 광장을 횡하니 가로질러 좁다란 마르크트 거리를 달려가고, 2층 창에서는 그 집에 사는 사람이 소리를 지른다. 우체국은 포스트 거리에 머물러 있지 않고 철로를 따라 기차처럼 도시 안을 쏜살같이 달려간다. 연방의사당도 분데스 거리에 가만히 서 있지 않는다. 어디를 가나 자동차와 기차 소리로 부릉부릉 시끌시끌하다. 해 뜰 때에 자기 집 문을 나서는 사람들은 달리면서 땅을 내디딘 다음 사무실 건물을 따라잡아, 오르락내리락 계단을 올라가서, 원을 그리며 빙글빙글

돌아가는 책상에서 일을 하고, 하루가 끝나면 전속력으로 집으로 달려간다. 책을 들고 나무 밑에 앉아 있는 사람도 없고, 연못의 물결을 물끄러미 바라보는 사람도 없으며, 시골의 무성한 풀밭에 눕는 사람도 없다. 가만히 있는 사람은 아무도 없는 것이다.

왜 그렇게 속도에 집착할까? 여기 이 세계에서는 움직이는 사람들에게 시간이 더디게 흘러가기 때문이다. 그래서 너도나도 빠른 속도로 움직여 시간을 벌고자 한다.

속도 효과는 내연기관이 발명되어 고속 운송이 시작되기 전까지는 알려지지 않은 현상이었다. 1889년 9월 8일, 서리 출신의 랜돌프 위그는 자신의 장모를 새로 산 자동차에 모시고 빠르게 런던으로 향했다. 뜻밖에도 그는 예상했던 시간의 절반 만에, 장모와 대화를 제대로 시작하기도 전에 런던에 도착했고 그래서 그 현상을 자세히 관찰해 보기로 했다. 그의 연구 결과가 발표되자 그때부터는 아무도 느리게 다니지 않게 되었다.

시간은 돈과 같으므로, 경제적으로만 생각해 보아도 경쟁자들보다 유리한 위치를 차지하기 위해서는 중개상이든 공장이든 상점이든 모두가 될 수 있는 대로 빨리 움직일 수밖에 없다. 그런 건물은 거대한 엔진을 달고 있어서 한자리에 가만히 멈춰 있는 법이 없다. 그 엔진과 축이 돌아가는 소리는 건물 안에 있는 다른 장치와 사람들 소리보다도 더 시끄럽다.

이와 마찬가지로 집을 팔 때에도 그저 크기와 내부구조만을 보는 것이 아니라 속도까지 본다. 집이 빨리 달리면 달릴수록 그 안에 걸린 시계는 더디 똑딱거리고, 따라서 그 집에 사는 사람들은 시간을 더 벌게 되는 것이다. 속도에 따라서 다르겠지만 빠른 집에 사는 사람은 단 하루 만에 이웃보다 몇 분을 더 벌 수도 있다. 속도에 대한 이 같은 집착은 밤이라고 달라지지 않는다. 잠들어 있는 사이에 귀중한 시간을 얻을 수도 잃을 수도 있다. 밤에는 집끼리 달리다가 충돌하는 일이 없도록 시내에 불빛을 휘황하게 밝혀둔다. 충돌하면 언제나 사망자가 생기니까. 사람들은 밤에 속도와 젊음과 기회를 꿈꾼다.

이렇게 속도가 빠른 세계에서, 사람들은 아주 오래 시간이 흐른 끝에 한 가지 사실을 깨달았다. 운동 효과는 모두 상대적이므로, 두 사람이 거리에서 마주 지나치면 제각기 상대방이 움직이는 것으로 보인다. 기차 안에 앉은 사람에게 나무가 창밖으로 날아가듯 보이는 것과 마찬가지다. 결과적으로 두 사람이 거리에서 마주 지나치면 제각기 상대방의 시간이 더 느리게 흐르는 것처럼 보인다. 제각기 상대방이 시간을 버는 것으로 보이는 것이다. 이런 상호 관계는 그들을 정말 참을 수 없게 만든다. 더욱 참을 수 없는 것은, 이웃을 지나치는 속도가 빠르면 빠를수록 그 이웃이 더 빨리 움직이고 있는 것처럼 보인다는 점이다.

몇몇 사람은 허탈하고 낙담해서 창밖을 내다보지 않게 되었다. 커튼을 쳐놓으면 자기가 움직이는 속도가 얼마나 빠른지, 이웃이나 경쟁자들이 얼마나 빠르게 움직이는지 알 수 없다. 이들은 아침에 일어나서, 목욕을 하고, 빵과 햄을 먹고, 책상에 가만히 앉아 일을 하며, 음악을 듣고, 아이들과 이야기를 나누고, 만족스러운 삶을 살아간다.

어떤 사람은 크람 거리에 있는 거대한 시계탑만이 제대로 시간을 재고 있다고 생각한다. 그 탑만이 움직이지 않고 가만히 있는 것이다. 또 어떤 사람은 그 거대한 시계탑이라 해도 아래강에서나 아니면 구름에서 내려다보면 움직이고 있다고 주장한다.

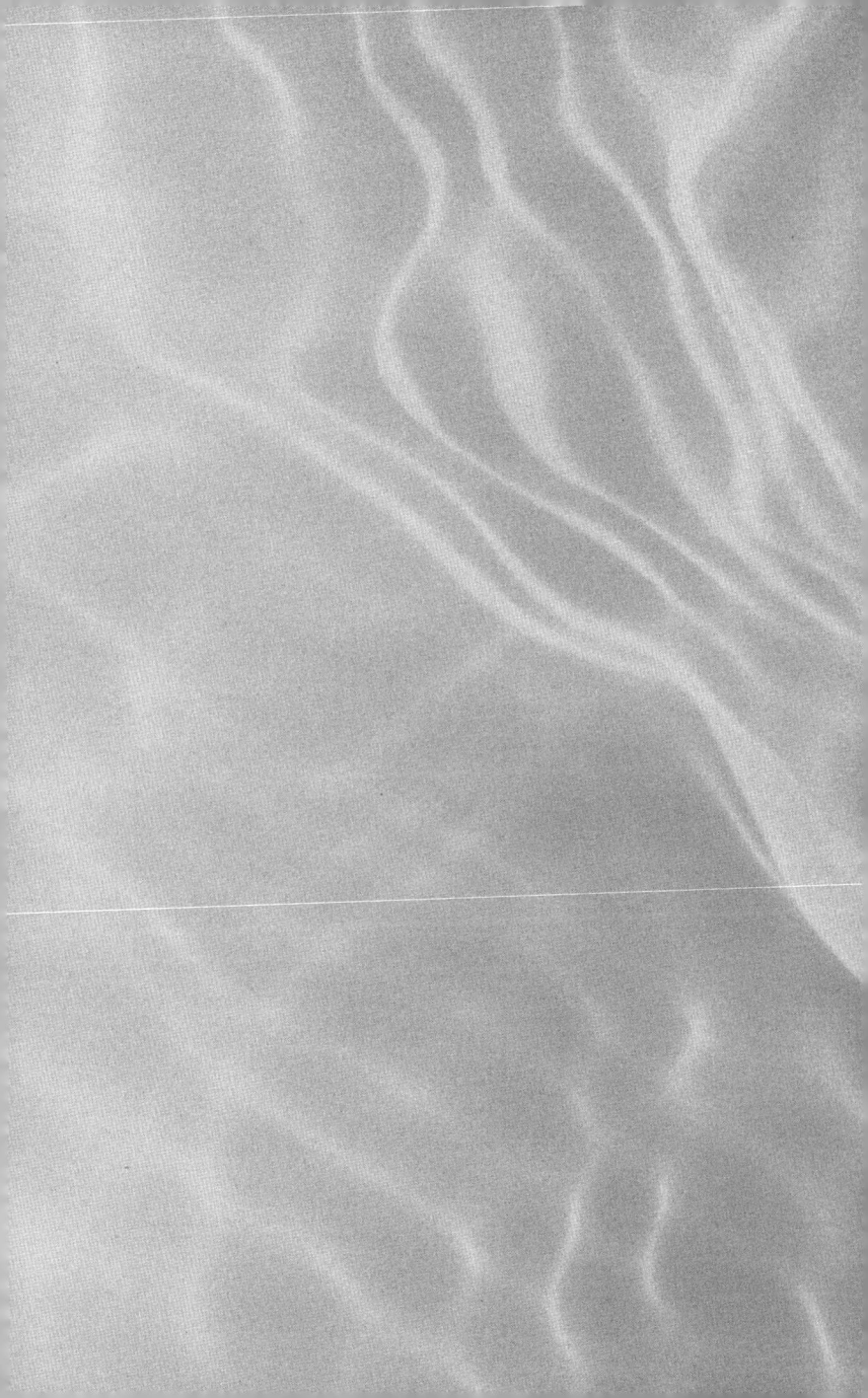

인터루드

아인슈타인과 베소가 암트하우스 거리의 어느 노천카페에 앉아 있다. 정오라서 베소가 친구를 사무실 밖으로 끌고 나와 바깥 공기를 쐬어주고 있는 것이다.

"안색이 안 좋아 보이는데." 베소가 말한다.

아인슈타인은 어깨를 으쓱해 보인다. 조금은 난처한 표정이다. 단 몇 분이라도 시간이 가고 있는 것이다. 몇 초에 지나지 않는지도 모르지만.

"연구는 진전이 있어." 아인슈타인이 말한다.

"그래 보이는군." 베소는 친구의 눈 밑이 거무스레하게 변한 것을 걱정스럽게 살펴보면서 말한다. 아인슈타인이 또 식사를 거르기 시작한 것은 아닐까. 베소는 그 자신이 꼭 지금의 아인슈타인처럼 보이던 때를 생각한다. 지금과는 다른 이유에서였다. 취리히에서 베소의 아버지가 40대 후반의 나이로 갑자기 세상을 떠나자, 아버지와 냉랭하게 지냈던 베소는 슬픔과 죄책감에 빠졌다. 연구도 중단됐다. 그런데 뜻밖에도, 아인슈타인이 베소를 자기 집으로 데리고 가서 한 달 동안 보살펴 주었다.

베소는 지금 아인슈타인을 보면서 자신이 도움이 되어줄 수 있으면 좋겠다는 생각을 하지만 당연하게도 아인슈타인은 도움이 필요 없는 사람이다. 베소가 보기에 아인슈타인은 고통이 없다. 그는 자신의 몸과 세계에 대해 아무런 감각이 없는 것처럼 보인다.

"연구는 진전이 있어." 아인슈타인이 다시 말한다. "비밀이 드러날 것 같아. 자네 책상에 로렌츠의 논문을 올려두었는데, 읽어봤나?"

"형편없더군."

"맞아. 형편없는 데다가 얼렁뚱땅해. 도대체가 그럴듯하지가 않아. 전자기 실험에서는 그보다 훨씬 더 근원적인 걸 알아낼 수 있어야 하는데 말이야." 아인슈타인은 콧수염을 긁적이면서 탁자에 놓인 크래커를 배고픈 듯 맛있게 먹는다.

한동안 두 사람은 말이 없다. 베소는 커피에 각설탕 네 개를 넣고, 그사이에 아인슈타인은 멀리 안개에 싸여 거의 보이지 않는 베른 알프스를 바라본다. 사실 아인슈타인은 알프스를 꿰뚫어 우주 공간을 바라보고 있다. 그렇게 먼 곳을 바라보노라면 그는 이따금씩 편두통을 느낄 때가 있고 그러면 푸른 소파에 누워 눈을 감고 있어야 한다.

"아나가 그러던데. 자네와 밀레바 둘이서 다음 주에 저녁 먹으러 오라고." 베소가 말한다. "아기 데리고 와도 되고."

아인슈타인은 고개를 끄덕인다.

베소는 커피를 한 잔 더 마시고 근처 테이블에 젊은 여성이 앉아 있는 것을 보고는 셔츠를 바지춤 속으로 밀어 넣는다. 옷차림이 단정하지 않기로는 그나 아인슈타인이나 별로 다를 것이 없다. 아인슈타인은 이제 멀리 은하수를 바라보고 있다. 베소는 친구의 이런 모습을 보는 것이 이번이 처음은 아니지만 그래도 진심으로 걱정이 된다. 어쩌면 저녁 식사를 같이 하면 기분 전환이 될지도 모른다.

"토요일 저녁이야." 베소가 말한다.

"토요일 저녁에는 바빠." 아인슈타인이 불쑥 말한다. "그래도 밀레바와 한스는 갈 수 있어."

베소는 웃으면서 말한다. "토요일 저녁 8시에 와."

그는 친구가 애초에 결혼을 왜 했는지 도무지 이해할 수가 없다. 아인슈타인 자신도 설명할 수 없으니까. 밀레바가 적어도 집안일은 하지 않겠느냐고 생각했다는 정도로 베소에게 말한 적은 있다. 그러나 일은 그렇게 풀리지 않았다. 침대가 흐트러지고, 더러운 빨래며 설거지할 거리가 쌓이기는 전과 다를 것이 없다. 게다가 아이까지 태어나니 자질구레한 일거리가 더욱 많아졌다.

"라스무센의 특허 건은 어떻게 했나?" 베소가 묻는다.

"병을 이용한 원심분리기?"

"그래."

"축이 너무 흔들려서 실용적이지 않을 거야." 아인슈타인이 말한다. "그렇지만 착상은 기발해. 회전축을 스스로 찾을 수 있도록 밑에 진동 흡수 장치를 달면 될 거 같아."

베소는 얼른 그 말뜻을 알아차린다. 아인슈타인은 대가를 지불하라거나 자신의 공로를 인정해 달라고 하지 않고 직접 새로 설계해서 라스무센에게 그냥 보내줄 것이다. 아인슈타인의 도움을 받는 운 좋은 신청자는 자신의 특허 신청을 누가 손질했는지조차 모르는 때가 많다. 그렇다고 해서 아인슈타인이 유명세를 탐하지 않는 것도 아니다. 몇 년 전에 그의 첫 논문이 『물리연감』에 실린 것을 보고 아인슈타인은 꼬박 5분 동안이나 수탉 울음소리를 흉내 냈다.

1905년 6월 2일

 흐물흐물한 갈색 복숭아가 쓰레기 더미 속에 처박혀 있다가 식탁 위로 집혀 나와 발그레해질 때까지 놓인다. 복숭아가 발그레해지고 단단해지면, 종이 봉지에 들어가 식품점으로 운반되고, 진열대에 올랐다가, 끌려 나와 운반 상자에 포장된 다음, 분홍 꽃이 피어 있는 나무로 돌아간다. 여기 이 세계에서는 시간이 거꾸로 흐른다.

 한 노파가 거의 꼼짝도 하지 않고 의자에 앉아 있다. 불그레한 얼굴 여기저기가 퉁퉁 부어 있고, 눈은 거의 보이지 않으며, 귀도 거의 들리지 않고, 숨소리는 낙엽이 바스락거리면서 돌바닥을 구를 때 나는 소리처럼 서걱거린다. 몇 해가 지난다. 방문객이 하나둘 찾아오기 시작한다. 차차 노파는 기운을 차리고, 음식도 많이 먹고, 얼굴에 움푹 팬 주름살도 없어진다. 목소리도 들리고 음악도 들린다. 어렴풋이 그림자처럼 보이던 것들이 환한 가운데 형체를 이루면서, 탁자와 의자와 사람들의 얼굴로 보이기 시작한다. 이제 작은 집을 나서서 시장에 가고, 가끔은 친구 집에도 가고, 날씨가 좋은 날에는 카페에서 차를 마신다. 옷장 맨 아랫서랍과 선반에서 뜨개바늘과 털실을 꺼낸다. 자기가 짜고 있는 것이 마음에 들면 미소도 짓는다. 어느 날 그녀의 남편이 잿빛 얼굴로 집 안으로 운반되어 들어온다. 몇 시간이 지나자 남편의 얼굴에 핏기가 돌아오고, 구부정하게 일어선 다음, 허리를 펴고, 아내에게 말을 한다. 둘은 함께 그 집에서 지내기 시작한다. 함께 식사를 하고, 농담을 주고받고, 웃기도 한다. 둘은 온 나라 안을 여행하면서 친구들을 두루 방문한다. 여자의 백발은 드문드문 흰 머리칼만 남긴 채 짙은 색으로 변하고 목소리는 생기 있는 음색이 된다. 여자는 고등학교로 가서 고별 파티에 참석하고, 역사 과목을 가르치기 시작한다. 학생들을 사랑하고 수업이 끝나고 나면 토론도 벌인다. 점심시간과 밤에는 책을 읽는다. 친구들을 만나 역사와 시사 문제에 대해 의견을 주고받는다. 남편이 운영하는 약국의 장부 정리를 도와주고, 함께 산자락으로 나들이를 가고, 사랑을 나눈다. 피부가 보드라워지고, 긴 머리칼은 갈색이 되며, 가슴에 탄력이 생긴다. 대학 도서관에서 자신을 쳐다보고 있는 남편을 처음으로 만나고, 그녀 역시 그를 마주 쳐다본다. 수업을 듣는다. 고등학교를 졸업하고, 졸업식에서는 부모와 동생들이 기쁨에 겨워 눈물을 흘린다. 집에서 부모님과 함께 살고, 어머니와 함께 집 가까이에 있는 숲으로 몇 시간씩 산책을 나가며, 어머니를 도와 설거지를 한다. 여자는 동생들에게 옛날이야기를 들려주고, 밤에 잠자리에 들어서는 어머니의 이야기를 들으며, 점점 어려진다. 기어다니고, 젖먹이가 된다.

한 중년 남자가 메달을 손에 들고 스톡홀름의 강당 단상에서 내려온다. 그는 스웨덴 학술원장과 악수를 나누고, 물리학 분야에서 노벨상을 받고, 갖가지 영예로운 호칭을 듣는다. 남자는 곧 받을 상에 대해 잠시 생각한다. 그의 생각은 금세 20년 후의 미래로, 홀로 작은 방에 앉아 연필과 종이만으로 일할 때로 옮겨간다. 그는 밤낮없이 연구에 매달리고 시행착오를 거치면서 잘못된 방정식과 잘못된 논리들로 쓰레기통을 가득 메우게 될 것이다. 그러다가 어느 날 저녁, 마치 숲속을 헤치고 나가 빛줄기를 찾아낸 것처럼, 귀중한 비밀을 손에 넣은 것처럼, 그는 자연에 대해 아무도 알아내지 못한 것들을 깨우쳤다는 사실을 알고 책상머리로 돌아가게 될 것이다. 그날 저녁, 그는 사랑에 빠진 사람처럼 가슴이 뛸 것이다. 그는 지금 스톡홀름의 강당 의자에 앉아 아득히 멀리서 그의 이름을 호명하는 학술원장의 목소리를 들으면서 그 피 끓는 순간에 대한, 젊고 이름 없고 실수를 두려워하지 않을 그 시절에 대한 기대감으로 가슴이 북받쳐 오른다.

한 남자가 친구의 무덤가에 서서 한 줌 흙을 관 위에 뿌린다. 얼굴에 떨어지는 4월의 빗줄기가 차갑다. 그러나 그는 울지 않는다. 그는 장차 친구의 허파가 건강해질 날을, 병상에서 일어나 웃을 때를, 둘이 함께 맥주를 마시고 요트를 타고 이야기를 나눌 시절을 손꼽아 기다린다. 그는 울지 않는다. 그는 친구와 함께 나지막하고 밋밋한 식탁에서 샌드위치를 먹을 미래의 특별한 날을, 그가 사랑받지 못할까 두렵다는 말을 하면 친구가 부드럽게 고개를 끄덕일 날을, 창유리로 빗방울이 흘러내릴 그날을 아련하게 기다린다.

1905년 6월 3일

사람들이 단 하루만 사는 세계를 생각해 보자. 심장박동과 숨쉬기가 빨라져서 지구가 축을 중심으로 한 바퀴 도는 시간 속으로 한평생이 압축되든가, 아니면 지구 자전이 너무나도 느려져서 한 바퀴를 완전히 도는 데에 인간의 한평생이 걸리든가, 어떻게 생각해도 논리적으로는 상관없다. 둘 중 어떤 경우든 누구나 해돋이를 한 번, 해넘이를 한 번 본다.

이 세계에는 계절이 바뀌는 것을 볼 수 있을 만큼 오래 사는 사람이 없다. 유럽 어느 나라에서건 12월에 태어난 사람은 히아신스나 백합, 과꽃, 시클라멘, 에델바이스를 보지 못하고, 단풍나무 잎사귀가 울긋불긋 바뀌는 것도 결코 볼 수 없고, 여치나 쓰르라미가 우는 소리도 절대로 듣지 못한다.

12월에 태어난 사람은 평생을 추위 속에 산다. 이와 마찬가지로 7월에 태어난 사람은 볼에 눈송이가 떨어지면 어떤 느낌이 드는지 모르고, 얼어붙은 호수 위의 얼음 결정을 결코 보지 못하고, 하얗게 쌓인 눈을 밟을 때 나는 뽀드득 소리를 절대로 듣지 못한다. 7월에 태어난 사람은 평생을 더위 속에서 산다. 계절이 서로 어떻게 다른지는 책에서 배워야 한다.

이 같은 세계에서는 빛에 따라 인생을 계획한다. 해가 질 무렵에 태어난 사람은 인생의 첫 절반을 어둠 속에서 보내고, 뜨개질이나 시계 제작 같은 가내공업을 배우고, 많이 읽고, 박식해지고, 많이 먹고, 바깥의 끝도 없는 어둠에 대해 두려움을 느끼고, 그늘을 키워간다. 해 뜰 무렵 태어난 사람은 농사나 건축일 같은 바깥일을 배우고, 건강해지며, 책이나 그 밖의 정신적인 것들을 멀리하고, 밝고 자신만만한 사람이 되어 아무것도 두려워하지 않는다.

해 뜰 무렵 태어난 사람이든 해 질 무렵 태어난 사람이든 모두 빛이 바뀔 때가 되면 허둥지둥 어쩔 줄을 모른다. 해가 뜨면 해 질 무렵 태어난 사람은 갑자기 나무와 바다와 산이 보여 놀라움에 사로잡히고, 밝은 빛에 눈앞이 캄캄해져서, 집으로 돌아와 창을 가린 채 희미한 빛 속에서 나머지 생을 산다. 해가 지면 해 뜰 무렵 태어난 사람은 하늘에서 새가, 바다에서는 푸른빛이, 구름의 몽롱한 움직임이 사라지는 것을 보고 통곡한다. 이들은 너무 슬픈 나머지 땅바닥에 누워 예전에 보였던 것들을 다시 보고자 안간힘을 쓴다.

인간의 한평생이 꼭 하루만 지속되는 이런 세계에서는 사람들이 다락에서 나는 소리를 들으려고 귀를 쫑긋하는 고양이처럼 시간에 열중한다. 낭비할 시간이 없는 것이다. 태어나고, 학교에 다니고, 연애하고, 결혼하고, 직업을 갖고, 늙어가는 것이 모두 해가 한 번 뜨고 지는 사이에, 빛의 한 주기 속에 진행되어야 한다. 사람들은 길에서 마주치면 모자를 살짝 들어 인사하고는 종종걸음으로 서두른다. 집에서 모여도 서로 정중하게 안부를 물은 다음 제 볼일을 보러 간다. 사람들은 카페에서 만나도 그림자가 움직이는 것을 초조하게 바라보다가 금방 자리에서 일어난다. 너무나도 시간이 귀중하기 때문이다. 한평생은 한 계절 속의 한순간이다. 한평생은 눈이 한 번 내리는 것에 불과하다. 한평생은 문이 닫힐 때 사라지는 문 모퉁이의 미묘한 그림자다. 한평생은 팔과 다리를 잠시 움직이는 것에 불과하다.

노년이 되면 그때가 밤이건 낮이건 친지가 아무도 없다는 사실을 깨닫게 된다. 시간이 없었다. 부모는 한밤중이나 한낮에 세상을 떠났다. 형제와 누이들은 지나치는 기회를 잡으려고 먼 도시로 이사를 갔다. 해가 비추는 각도가 달라지면서 친구들도 바뀌었다. 집도 직업도 연인도 모두 하루라는 삶 속에 짜맞춰 들어가도록 계획되었던 것이다. 노인이 된 사람은 아는 사람이 아무도 없다. 사람들과 이야기를 나누지만 아는 사람들은 아니다. 그의 삶은 토막토막 대화 속에 흩어지고, 사람들 기억에서 토막토막 사라진다. 그의 일생은 짤막한 장면으로 이루어지고, 그나마 보는 사람도 거의 없다. 그는 침대 머리맡에 앉아 목욕물 받는 소리를 들으면서 자신의 생각 바깥에 존재하는 것이 과연 있을까 궁금해한다. 그때 어머니가 안아준 일이 정말 있었던 일일까? 처음 사랑을 나눌 때의 설렘이 진짜로 있었던 일일까? 연인이라는 존재가 있었을까? 지금은 어디 있을까? 침대 머리맡에 앉아 목욕물 소리를 들으면서 햇빛이 바뀌는 것을 어렴풋이 알아차리고 있는 지금, 그들은 어디 있을까?

1905년 6월 5일

 강과 나무와 건물과 사람들의 위치나 모양에 대해 설명을 들어보면 별다른 점이란 아무것도 없다는 생각이 들 것이다. 아레강은 동쪽으로 굽이치고, 강물에는 감자와 사탕무를 실은 배가 점점이 떠 있다. 알프스의 산자락에는 스위스 잣나무가 군데군데 자라, 솔방울이 잔뜩 달린 가지를 커다란 촛대처럼 위로 쳐들고 있다. 붉은 타일 지붕마다 창이 달린 삼층집들이 아어 거리에 조용히 자리 잡고 강을 내려다보고 있다. 마르크트 거리의 장사꾼들은 사람들이 지나갈 때마다 팔을 흔들면서 손수건, 고급 시계, 토마토, 시큼한 빵, 회향을 사라고 소리친다. 훈제 쇠고기 냄새가 거리를 따라 풍겨온다. 남녀 한 쌍이 크람 거리에 있는 자기 집 발코니에 서서 입씨름을 벌이다가 미소를 짓기도 한다. 한 여자아이가 클라이네 산체 공원을 천천히 거닐고 있다. 우체국 건물의 커다란 삼나무 문이 열렸다가 닫히고, 열렸다가 닫힌다. 개 한 마리가 짖는다.

그러나 누구의 눈으로 보느냐에 따라 그 풍경은 사뭇 다르게 보인다. 예를 들어 아레강 강둑에 앉아 있는 어떤 여자의 눈에는 아레강을 다니는 배가 얼음 위로 썰매를 타듯 아주 빠르게 지나가는 것으로 보인다. 또 다른 사람 눈에는 배가 움직이는 것이 굼떠서, 오후 내내 움직여도 모퉁이도 제대로 돌지 못하는 것으로 보인다. 아어 거리에 서서 강을 쳐다보고 있는 남자에게는 배가 처음에는 앞으로 갔다가 다음에는 뒤로 가는 것으로 보인다.

이 같은 모순은 다른 곳에서도 되풀이된다. 지금 이 순간 어떤 약사가 점심 식사를 마치고 코허 거리에 있는 자신의 약국으로 돌아가고 있다. 그의 눈에 보이는 광경은 이렇다. 두 여자가 종종걸음으로 지나치는데 손짓하며 주고받는 말이 하도 빨라 전혀 알아들을 수가 없다. 한 변호사가 작은 동물처럼 머리를 이리저리 흔들어대며 거리를 가로질러 어디론가 약속 장소로 달려간다. 어느 발코니에서 꼬마가 찬 공이 거의 눈에 보이지 않을 정도로 빨리 공중을 가르며 총알처럼 날아간다. 82번지에 사는 사람들이 금방 창문에 나타났다가, 한쪽 방에서 옆방으로 쏜살같이 내달려, 잠시 자리에 앉아 1분 만에 뚝딱 식사를 해치우고, 사라졌다가 다시 나타난다. 머리 위에서는 구름이 마치 숨을 들이쉬고 내쉬는 것처럼 모였다가 흩어지곤 다시 모인다.

거리 반대편에서는 제빵사가 같은 광경을 보고 있다. 그가 보기에는 두 여자가 느긋하게 거리를 걸어가다가 멈춰 서서 변호사와 이야기를 주고받은 뒤 계속 걸어간다. 변호사는 82번지 아파트에 들어가서 식탁에 앉아 점심을 먹고는 2층 창으로 다가가서 거리에서 꼬마가 던진 공을 잡는다.

코허 거리의 가로등 밑에 서 있는 또 다른 사람이 보기에 이 광경은 전혀 움직이는 광경이 아니다. 두 여자, 변호사, 공, 꼬마, 배 세 척, 아파트 내부, 이 모든 것이 화사한 여름 햇빛 속의 그림 같다.

시간이 감각인 이 세계에서는 사건의 흐름이 어떠하든 이처럼 벌어진다.

시간이 시각이나 미각 같은 감각인 세계에서 한 가지 일은 빨리 일어날 수도 느리게 일어날 수도 있고, 흐릿할 수도 강렬할 수도 있으며, 짜기도 달기도 하고, 원인이 있을 수도 없을 수도 있고, 순서가 있을 수도 없을 수도 있다. 모든 것이 보는 사람의 경험에 따라 달라진다. 철학자들은 암트하우스 거리의 카페에 앉아 인간의 인식 영역 밖에 과연 시간이 존재하는가를 토론한다. 사건이 빠르다거나 느리다거나, 원인이 있다거나 없다거나, 과거라거나 미래라고 말할 수 있는 사람이 누가 있을까? 사건이 일어나는 것 자체가 진짜 있는 일이라고 말할 수 있는 사람이 누가 있을까? 이들 철학자들은 눈을 반쯤 뜨고 앉아 자기의 시간 미학을 서로 비교한다.

몇 안 되는 어떤 사람들은 날 때부터 시간 감각이 전혀 없다. 그 대신 이들은 장소 감각이 이만저만 발달한 게 아니다. 이들이 키 큰 풀숲에 누워 있으면 온 세상에서 시인과 화가들이 찾아와 질문을 한다. 사람들은 이들 시맹時盲들에게 봄에 나무가 자라나는 정확한 자리, 알프스에 눈이 쌓인 모양, 교회 위 태양의 각도, 강의 위치, 이끼가 있는 곳, 새들이 무리 짓는 모양 등을 묻는다. 그렇지만 시맹들은 알고 있는 것을 말할 수가 없다. 말이란 것은 시간 속에서 낱말이 순서대로 이어 나와야 되는 것이기 때문이다.

1905년 6월 9일

사람들이 영원히 산다고 생각해 보자.

이상하게도 도시마다 사람들은 두 가지 종족으로 갈라진다. 나중족과 지금족이다.

나중족은 서둘러 대학에 가거나 외국어를 배울 필요가 없고, 볼테르나 뉴턴을 읽는다거나 직장에서 애써 승진할 필요도 없고, 사랑에 빠지거나 자식을 기를 필요도 없다고 생각한다. 이런 온갖 것들을 할 수 있는 시간은 얼마든지 있으니까. 시간에 끝이 없으므로 무엇이든지 할 수 있고, 따라서 무슨 일이든지 뒤로 미룰 수가 있는 것이다. 아무렴, 서두르다 보면 실수가 생겨나기 마련이다. 그러니 이들의 논리를 따지고 들 수 있는 사람이 누가 있을까? 나중족은 어느 가게에서

든 어느 길거리에서든 알아볼 수 있다. 헐렁한 옷차림으로 느릿느릿 걸어 다니는 사람들이다. 이들은 아무 잡지나 펼쳐져 있으면 재미 삼아 읽고, 집에서 가구를 다시 옮겨보기도 하고, 나뭇잎이 떨어지듯 슬며시 대화를 나눈다. 나중족은 카페에 앉아 커피를 마시면서 삶의 가능성을 두고 토론한다.

지금족은 삶에 끝이 없으므로 상상할 수 있는 일이면 뭐든지 할 수 있다고 생각한다. 직업도 다양하게 가져보고, 결혼도 수없이 해보고, 정치관도 끝없이 바꿔볼 것이다. 한 사람 한 사람이 법률가가 되고, 벽돌공이 되고, 작가가 되고, 회계사가 되고, 페인트공이 되고, 약사가 되고, 농부가 될 것이다. 지금족은 쉼 없이 읽으면서 새로운 사업을 구상하고 새로운 언어를 공부한다. 삶의 무한함을 맛보려고 이들은 무엇이든 일찍 시작한다. 이들은 느릿느릿 움직이는 법이 없다. 그러니 이들의 논리에 의문을 품을 수 있는 사람이 누가 있을까? 지금족은 금방 알아볼 수 있다. 이들은 카페 주인이고 대학 교수이며, 의사에다 간호사이고, 정치가에다 자리에 앉을 때면 늘 다리를 흔들거리는 사람들이다. 이들은 한 가지 삶에서 다른 삶으로 계속 옮겨 다니면서 아무것도 놓치지 않으려고 한다. 체링거 분수의 육각기둥에서 지금족 두 사람이 어쩌다 마주치면 이들은 각자가 거쳐 온 삶을 비교해 보고

정보를 주고받고는 시계를 들여다본다. 같은 곳에서 나중족 두 사람이 만나면 이들은 미래를 곰곰 생각하면서 분수의 물줄기로 눈길을 돌린다.

지금족과 나중족에게는 한 가지 공통점이 있다. 삶에 끝이 없다 보니 친척이 끝없이 많은 것이다. 할아버지 할머니가 세상을 떠나는 일도 없고, 증조할머니 증조할아버지, 왕고모 왕고모부, 왕왕고모 왕왕고모부, 그 위로 세대에 세대를 거슬러 끝도 없이 모두가 살아 있으면서 저마다 충고를 해준다. 아들은 아버지의 그늘에서 절대로 빠져나가지 못하고, 딸 역시 어머니의 그늘에서 헤어나지 못한다. 자립하는 사람은 아무도 없다.

남자가 사업을 시작할 때면 그는 어머니 아버지와 할머니 할아버지, 증조할머니 증조할아버지, 또 그 윗분들과 상의해서 그들의 시행착오를 통해 배워야 한다고 생각한다. 새로 사업을 시작해도 그것은 새로운 사업이 아니기 때문이다. 가족 가운데에 누군가는 예전에 그 일을 해본 경험이 있는 것이다. 실로 모든 것이 이미 이룩되어 있는 상태다. 그러나 그만한 대가를 치렀다. 이 같은 세계에서는 차곡차곡 성공이 쌓여가지만 그에 따라 야심도 조금씩 줄어들기 때문이다.

그리고 딸이 어머니에게 도움말을 바랄 때면 바로 그 자리에서 들을 수가 없다. 어머니는 다시 어머니의 어머니에게, 어머니의 어머니는 그 어머니에게, 그렇게 자꾸자꾸 끝없이 물어봐야 하기 때문이다. 딸이나 아들이 스스로 결정을 내릴 수 없다는 바로 그 이유 때문에 이들은 어머니 아버지로부터 확신에 찬 충고를 받을 수가 없다. 부모라고 해서 확실한 대답이 있는 것도 아니다. 그들은 또 그 부모에게, 또 그 부모에게 자꾸자꾸 수백만 번이나 거슬러 올라간다.

무슨 행동이든 실행에 옮기기 전에 수백만 번이나 확인을 받아야 하는 세계이기에 삶에 확실하게 결정된 것이 없다. 다리는 강물 위로 반쯤 놓이다가 갑자기 끊긴다. 건물은 9층 높이로 올라가도 지붕이 없다. 식품점에 들여놓은 생강과 소금, 대구, 쇠고기는 주인의 마음이 바뀔 때마다, 다른 사람의 충고를 들을 때마다 다른 물건으로 바뀐다. 약혼은 결혼 바로 전날에 깨진다. 그리고 거리에서, 길에서 사람들은 누가 지켜보는 것은 아닐까 하고 고개를 돌려 등 뒤를 흘끔흘끔 바라본다.

이런 것들이 영원한 삶의 대가다. 아무도 완전하지 않다. 아무도 자유롭지 않다. 세월이 가면서 몇몇 사람들은 살아날 오직 한 가지 길은 죽음이라고 결론을 내린다. 사람은 누구나 죽음을 통해 과거의 무거운 짐을 벗는다는 것이다. 이들

몇몇 사람은 사랑하는 친척들이 지켜보는 가운데 콘슈탄체 호수로 뛰어들거나 몬테레마산山에서 뛰어내려 끝없는 생을 마감한다. 이런 방법을 통해 유한이 무한을 정복하고, 수백만 가을이 가을 없음에 자리를 내주고, 수백만 눈송이가 눈송이 없음에 자리를 내주고, 수백만 충고가 충고 없음에 자리를 내주는 것이다.

1905년 6월 10일

 시간을 양量이 아니라, 떠오르는 달이 나무에 걸렸을 때 밤의 밝기처럼 질質로만 가늠할 수 있다고 하자. 시간은 존재하지만 측정할 수가 없다.

 바로 지금, 햇볕이 쨍쨍 내리쬐는 오후에 어떤 여자가 반호프 광장 한가운데 서서 한 남자를 기다리고 있다. 얼마 전 그 남자는 프리부르크로 가는 기차 안에서 이 여자를 보고 마음이 끌려, 함께 그로세 샨체 공원으로 나들이하자고 제안했다. 여자는 남자의 다급한 목소리와 눈빛을 보고 그가 그녀를 머지 않아 만나고 싶어 한다는 것을 알아차렸다. 그래서 여자는 초조한 기색 없이 책을 읽으며 시간을 보내면서 남자를 기다린다. 얼마 뒤, 어쩌면 그다음 날에 남자가 도착한다. 둘은 팔짱을 끼고 공원으로 걸어가, 무리 지어 피어 있는 튤립과 장미와 말나리와 매발톱꽃 근처를 거닐고, 삼나무 벤치에 앉아 얼마인지도 모를 시간을 보낸다. 빛이 바뀌어 저녁이 되자 하늘이 불그레하게 물든다. 두 남녀는 흰 조약돌이 깔린 구불구불한 길을 따라 언덕 위에 있는 레스토랑으로 간다. 이들 둘이 일생토록 함께 있었을까? 아니면 그저 한 순간을 같이 보냈을 뿐이었을까? 누가 알 수 있을까?

레스토랑의 유리창을 통해 남자의 어머니는 아들이 여자와 함께 앉아 있는 것을 발견한다. 어머니는 손을 비비 꼬면서 푸념을 한다. 아들이 집으로 돌아오기를 바라는 것이다. 어머니의 눈에는 아들이 아이로 보인다. 그가 집에서 지냈던 시절로부터, 아버지와 술래잡기를 한 적으로부터, 잠자리에 들기 전에 어머니의 등을 긁어준 뒤로부터 시간이 흐른 것일까? 촛불에 환하게 비친 아들의 소년 같은 웃음을 레스토랑의 유리창을 통해 보고, 어머니는 시간이 전혀 흐르지 않은 것이 틀림없다고, 아들은, 자기 아기는 자신과 함께 집에 있어야 한다고 생각한다. 어머니는 밖에서 손을 비비 꼬며 기다리고, 그사이 아들은 이 아늑한 저녁 분위기로 인해, 그가 만난 이 아늑한 여자로 인해, 더욱 빨리 나이가 든다.

길 건너 아르베르거 거리에서는 두 남자가 의약품 화물을 놓고 입씨름을 벌인다. 유달리 유효기간이 짧은 이 약품이 유효기간이 지나 쓸 수 없게 된 상태로 도착해서 물건을 받은 사람은 화가 나 있다. 그보다는 훨씬 전에 도착하기로 되어 있었고, 사실 그가 역에 나가 화물이 도착하기를 기다리는 사이에 슈피탈 거리 27번지에 사는 노부인이 오고 가고, 알프스에 비치는 햇살 모양이 여러 번 바뀌고, 따뜻하던 공기가 시원하게 변했다가 다시 축축하게 변하기도 했다. 화물을 보낸 사람은 턱수염을 기른 작고 뚱뚱한 사람인데, 모욕을 당했다고 생각한다. 그는 아케이드의 차양이 올라가는 소리를 듣자마자 바젤에 있는 자기 공장에서 그 약품을 포장했다. 그는 계약서에 서명하던 때의 그 구름 모양이 바뀌기도 전에 약품 상자를 역으로 운반했다. 그 이상 더 어떻게 할 수 있단 말인가?

시간을 잴 수 없는 이 세계에는 시계도 없고 달력도 없고, 분명하게 정한 약속 시간이라는 것도 없다. 사건은 다른 사건에 영향을 받아 일어날 뿐 시간과는 관계가 없다. 공사 현장에서는 석재와 목재가 도착한 다음에야 집을 짓는다. 채석장에서는 일꾼들이 돈이 궁해야 석재를 배달한다. 변호사는 대머리가 된다고 딸이 농담을 해야 집을 나서 대법원에 나가 법정에서 입씨름을 벌인다. 학생이 시험에 통과해야 베른의

학교 교육은 끝난다. 기차는 승객이 가득 차야 반호프 광장역을 출발한다.

시간이 질인 세계에서는 그때 하늘은 어떤 빛이었고 아래강의 뱃사람들 목청은 어땠으며 방으로 들어올 때에 기분은 어땠다는 식으로 사건을 기록한다. 아기의 출생, 발명품의 특허, 두 사람의 만남은 시간 속에 시와 분으로 정해지는 하나의 점이 아니다. 그보다는 눈길이나 욕구에 따라 사건이 형체를 띠고 상상의 공간 속을 미끄러져 지나간다. 마찬가지로 두 사건 사이의 시간은 두 사건의 배경에 따라, 빛의 밝기에 따라, 빛과 그림자의 길이에 따라, 보는 사람의 관점에 따라 길 수도 짧을 수도 있다.

어떤 사람들은 시간을 양으로 따져보고 분석하고 쪼개어 보려고 한다. 이들은 돌로 변한다. 이들의 몸은 거리 모퉁이에 꼼짝도 하지 않고 선 채 차갑고 단단하고 무겁게 변한다. 세월이 지나면 일꾼들이 이들 돌덩이를 채석장으로 가져다가 돈이 궁할 때 네모반듯하게 잘라 집 지을 재료로 판다.

1905년 6월 11일

크람 거리에서 테아터 광장으로 돌아가는 길모퉁이에는 푸른 테이블 여섯 개가 놓여 있는 노천카페가 있다. 창에는 푸른 피튜니아 화분이 늘어서 있다. 이 카페에서는 베른 시가지가 한눈에 들어오고 온갖 소리가 다 들린다. 사람들은 크람 거리를 오가면서 이야기도 나누고 가게에 들러 수건이나 손목시계나 계피를 산다. 코허 거리에 있는 초등학교에서 오전 쉬는 시간에 나온 여덟 살짜리 꼬마들이 선생님을 따라 줄을 지어 거리를 지나고 아레강 강둑으로 향한다. 강 바로 위에 있는 공장에서 나른하게 연기가 피어오른다. 체링거 분수대 꼭지에서 물이 쏴 쏟아져 나온다. 크람 거리에 있는 거대한 시계탑에서 15분을 알리는 종소리가 울린다.

만일 한순간만이라도 도시의 소리와 냄새를 무시한다면 특이한 광경을 볼 수 있다. 코허 거리 모퉁이에서는 두 남자가 헤어지려 하다가도 다시는 못 볼 사람처럼 헤어지지 못하고 있다. 이들은 작별 인사를 하고 서로 다른 방향으로 걷다가 금방 도로 달려와 서로 얼싸안는다. 바로 근처에서는 중년 여자가 분수대 가장자리에 앉아 소리 없이 흐느끼고 있다. 여자는 누렇게 얼룩진 손으로 분수대의 돌을 거머쥐고 있는데 하도 세게 잡아서 손에서 피가 빠져나가 창백해질 정도다. 그리고 절망한 눈으로 땅바닥을 바라본다. 여자는 다른 사람들을 다시는 못 보리라 믿는 사람처럼 외로움이 몸에 배어 있다. 스웨터 차림을 한 두 여자가 어깨동무하고 크람 거리를 걷는데 너무 웃어젖히는 통에 앞날에 대한 생각은 조금도 할 수 없을 듯이 보인다.

사실 이곳은 미래가 없는 세계다. 이 세계에서 시간은 실제로도 그렇고 생각 속에서도 그렇고 모두 현재에서 끝나버린다. 이 세계에서는 그 누구도 미래를 상상할 수 없다. 미래를 상상한다는 것은 자외선을 볼 수 없는 것과 마찬가지로 불가능하다. 인간의 감각으로는 가시광선 바깥에 무엇이 있는지 알 수 없다. 미래가 없는 세계에서는 친구와의 작별이 저마다 하나의 죽음이다. 미래가 없는 세계에서는 외로움이 곧 종말이다. 미래가 없는 세계에서는 모든 웃음이 저마다 마지막 웃음이다. 미래가 없는 세계에서는 현재 이후로는 아무것도 없고 그래서 사람들은 벼랑에 매달린 사람처럼 현재를 붙들고 늘어진다.

미래를 상상할 수 없는 사람은 자신의 행동이 어떤 결과를 낳을지 생각할 수 없는 사람이다. 그래서 어떤 사람은 아무것도 하지 못한다. 이들은 하루 종일 침대에 누워 있다. 말짱하게 깨어 있어도 옷을 입기가 두렵다. 이들은 커피를 마시며 사진을 들여다본다. 어떤 사람은 행동할 때마다 남는 것은 공허감뿐이라 해도, 아니면 삶을 계획해 나갈 수 없다고 해도 조금도 아랑곳하지 않고 아침에 침대에서 벌떡 일어난다. 이들은 순간에서 순간으로 살고 매 순간에 충실하다. 또 어떤 사람은 과거로 미래를 대신한다. 이들은 기억을 하나하나 더듬고, 지난날의 행동 하나하나를 되새기며, 원인과 결과를 모조리 돌이켜 보고는, 어떤 사건을 통해 지금 이 순간에, 세상의 마지막 순간에, 시간이라는 선의 이 끝점에 도달했는지를 생각하고는 신기해한다.

푸른 테이블 여섯 개와 피튜니아 화분이 늘어서 있는 조그만 노천카페에서 한 청년이 커피와 빵을 앞에 놓고 앉아 있다. 그는 한가롭게 거리를 구경하고 있다. 그는 스웨터 차림을 한 두 여자도, 분수가에 앉은 중년 여자도, 작별 인사를 하고 또 하는 두 남자도 보았다. 그가 앉아 있는 동안 검은 비구름이 도시의 하늘을 뒤덮는다. 그렇지만 청년은 그대로 앉아 있다. 그는 오로지 현재만을 생각할 수 있을 뿐이고 현재는 하늘이 검어지고 있을 뿐이지 비는 오지 않는다. 그렇게 앉아 커피를 마시고 빵을 먹으면서 그는 세상의 끝이 이토록 어두울 수 있을까 하고 감탄한다. 아직 비는 내리지 않는다. 어두워지기 때문에 그는 눈을 찡그린 채 신문을 들고 그가 일생의 마지막 순간에 읽는 마지막 문장이 될 글귀를 읽는다. 이윽고 비가 온다. 청년은 안으로 들어가서 젖은 재킷을 벗고 세상의 끝에 비가 오다니 하면서 감탄한다. 그는 음식에 대해 주방장과 이야기를 나누지만 비가 그치기를 기다리는 것은 아니다. 아무것도 기다리지 않는다. 미래가 없는 세계에서는 매 순간이 세상의 종말이다. 20분 뒤에 먹장구름이 지나가고, 비도 그치고, 하늘도 밝아진다. 청년은 밖으로 나와 탁자에 앉아서 이렇게 햇빛 밝은 때에 세상의 끝이 오는구나 하고 감탄한다.

1905년 6월 15일

여기 이 세계에서 시간은 눈으로 볼 수 있는 하나의 차원이다. 먼 곳을 바라보면 공간의 이정표가 되는 집과 나무와 산이 보이는 것과 마찬가지로, 다른 쪽으로 고개를 돌리면 시간의 이정표가 되는 출생과 결혼과 죽음이 미래로 아득히 뻗어 있다. 사람이 한곳에 머무를지 다른 곳으로 달려갈지 마음대로 할 수 있는 것처럼 시간의 축을 따라서도 마음대로 움직일 수 있다. 어떤 사람들은 안락한 순간으로부터 떠나가기를 두려워한다. 이들은 한자리에 계속 머무르면서 할 수 있는 한 편안한 시기를 오래 즐기려 한다. 또 어떤 사람들은 재빠르게 지나치는 사건들을 맞이할 채비도 제대로 갖추지 않은 채 미래로 마구 달음질친다.

취리히의 어느 대학교에서 한 청년과 지도교수가 조그만 도서관에 앉아 청년의 박사 논문에 대해 조용히 의견을 나누고 있다. 때는 12월, 하얀 대리석 벽난로에 장작이 활활 타오르고 있다. 청년과 교수는 수식이 잔뜩 적힌 종이가 여기저기 흩어져 있는 둥그런 탁자 옆 편안한 참나무 의자에 앉아 있다. 연구는 쉽지 않았다. 지난 18개월 동안 청년은 여기이 방에서 교수를 만나 지도를 받고 용기를 얻은 다음 다른 곳에서 연구를 하고, 다시 새로운 의문점을 가지고 돌아오기를 매달 되풀이했다. 교수는 늘 해결책을 일러주었다. 오늘도 교수는 설명을 하고 있다. 교수가 말을 하는 동안 청년은 앞으로 학위를 받고 나면 어떻게 혼자 힘으로 해나갈 수 있을까 생각하면서 창밖으로 가문비나무에 눈이 쌓이는 모양을 지켜본다. 청년은 의자에 앉은 채 주저주저 시간 속으로 한 걸음 나가보지만 차갑고 불안하여 부르르 떤다. 그는 뒤로 물러선다. 지금 이 순간, 따뜻한 불 곁에, 지도교수의 따스한 도움 곁에 머물러 있는 편이 훨씬 낫다. 시간 속을 움직이지 않는 편이 훨씬 나은 것이다. 그래서 오늘 이 조그만 도서관에서 청년은 그대로 머물러 있다. 친구들은 그가 이 순간에 머무르는 모습을 잠시 쳐다보다가 저마다 자신의 걸음걸이로 미래를 향해 계속 발걸음을 옮긴다.

베른의 빅토리아 거리 27번지에서는 어느 젊은 여자가 자기 방 침대에 누워 있다. 아래층에서 어머니와 아버지가 싸우는 소리가 방까지 들려온다. 여자는 귀를 막고 탁자 위에 놓인 사진을 쳐다본다. 어렸을 적 어머니 아버지와 함께 바닷가에서 쭈그리고 앉아 찍은 사진이다. 한쪽 벽에는 밤나무 화장대가 놓여 있다. 화장대 위에는 도자기 대야가 있다. 벽에는 푸른 칠이 갈라져 벗겨지고 있다. 침대 발치에는 옷이 반쯤 채워진 옷 가방이 열려 있다. 그녀는 사진을 바라보다가 시간 속을 내다본다. 미래가 부르고 있다. 그녀는 마음을 굳힌다. 옷 가방도 다 챙기지 않은 채 그녀는 이 집에서, 삶의 이 시점에서 빠져나와 곧장 미래로 달려간다. 한 해, 다섯 해, 열 해, 스무 해가 지나고 나서 브레이크를 밟는다. 그러나 너무 빨리 움직이고 있었기 때문에, 마침내 멈추고 보니 쉰 살이 되어 있다. 너무 빨리 달리는 통에 사건들을 제대로 보지도 못하고 지나쳤다. 임신을 시켜놓고 떠나버린, 머리가 벗어져 가던 변호사. 어렴풋하게만 떠오르는 한 해 동안의 대학 생활. 로잔에서 한동안 살았던 자그마한 아파트. 프리부르크의 여자 친구. 백발이 된 부모를 이따금씩 찾아간 일. 어머니가 세상을 떠난 병원. 아버지가 세상을 떠난 마늘 냄새 나는 취리히의 눅눅한 아파트. 영국 어딘가에 사는 딸에게서 받은 편지.

여자는 숨을 몰아쉰다. 지금은 쉰 살이다. 여자는 침대에 누워 인생을 되짚어 보고 탁자 위에 놓인 사진을 쳐다본다. 어렸을 적 어머니 아버지와 함께 바닷가에서 쭈그리고 앉아 찍은 사진이다.

1905년 6월 17일

　베른은 화요일 아침이다. 마르크트 거리에서 손가락이 굵은 제빵사가 지난번 외상을 갚지 않은 어떤 여자에게 고함을 지르면서 팔을 내휘두르고 여자는 잠자코 빵을 장바구니에 집어넣는다. 빵집 밖에서는 한 꼬마가 2층 창에서 내던진 공을 쫓아가면서 롤러스케이트를 타고 있다. 꼬마의 롤러스케이트는 소리를 내면서 돌바닥 길 위를 달려간다. 마르크트 거리 동쪽 끝, 그러니까 크람 거리와 마주치는 자리에는 남녀 한 쌍이 아케이드 그늘 속에 나란히 서 있다. 남자 둘이 겨드랑이에 신문을 끼고 지나간다. 남쪽으로 300미터 지점에는 휘파람새 한 마리가 아레강 위를 한가로이 날고 있다.

　세계가 멈춘다.

제빵사는 말을 반쯤 하다가 입이 멈춘다. 꼬마는 발을 내딛는 자세 그대로 멈춰 서고 공은 공중에서 정지한다. 아케이드의 남녀 한 쌍은 조각상처럼 굳는다. 지나가던 두 남자도 조각상이 되고 두 사람의 대화는 돌아가는 음반에서 바늘을 들어 올렸을 때처럼 멈춘다. 휘파람새는 날아가다가 마치 강 위에 매달린 무대장치처럼 꼼짝도 하지 않는다.

몇 백만 분의 1초 뒤에 세계는 다시 움직인다.

제빵사는 아무 일도 없었던 것처럼 계속 소리를 지른다. 마찬가지로 꼬마도 공을 쫓아간다. 아케이드의 남자와 여자는 서로를 더욱 가까이 끌어당긴다. 두 남자는 쇠고기 값이 오른 것에 대해 계속해서 이야기를 주고받는다. 휘파람새는 날개를 퍼덕이면서 아래강 위에서 계속 원을 그린다.

몇 분 뒤 세계는 다시 멈춘다. 그러다가 다시 움직인다. 멈춘다. 다시 움직인다.

이곳은 어떤 세계일까? 이 세계에서는 시간이 불연속적이다. 이 세계에서는 시간이 중간중간에 끊어지는 것이다. 시간은 신경섬유가 늘어서 있는 것과 같아서, 멀리서 보면 계속 이어져 있는 듯 보이지만 자세히 보면 섬유와 섬유 사이에 현미경으로나 보일 정도로 작디작은 틈이 벌어져 있다. 신경 자극은 시간의 한 조각을 따라 흐르다가 갑자기 멈추고 조금 뒤 공백을 지나 다음 섬유에서 계속 흘러간다.

시간의 공백은 하도 작아서, 1초라는 시간을 1천 조각으로 나누고 다시 그 조각을 1천 조각으로 나누어야만 끊어진 자리 한 군데를 찾아낼 수 있다. 시간의 조각과 조각 사이에 있는 틈은 너무 작아서 사실상 느낄 수가 없다. 시간이 다시금 움직이기 시작할 때마다 새로운 세계는 옛 세계 그대로인 것처럼 보인다. 구름의 위치나 움직임도 똑같아 보이고 솟아오르는 새나 대화의 흐름이나 생각도 마찬가지다.

시간의 조각을 맞춰보면 서로 거의 들어맞지만 완전하게 꼭 맞는 것은 아니다. 이따금 아주 약간씩 자리가 어긋나는 일이 생긴다. 예를 들어, 오늘 베른의 화요일에 20대 후반에 접어든 어떤 젊은 남녀가 게르베른 거리의 가로등불 밑에 서 있다. 둘은 한 달 전에 알게 됐다. 젊은 남자는 이 여자를 사무치도록 사랑하지만 전에 사귀던 여자가 말도 없이 떠나가 버린 쓰라린 경험이 있어서 그 일로 기가 죽어 다시 사랑에 빠지는 것을 두려워하고 있는 처지다. 이번 여자와의 관계에 대해서 확신이 필요하다. 그는 이 여자의 얼굴을 찬찬히 들여다보면서, 진실한 감정을 엿볼 수 있기를 간절히 바란다. 혹시 눈썹이 조금이라도 움직이지는 않는지, 볼이 알아볼 듯 말 듯 조금이라도 붉어지지는 않는지, 눈빛이 변하지는 않는지, 조그마한 기미까지도 자세히 살핀다.

사실은 이 젊은 여자도 남자와 마찬가지로 그를 사랑하지만 말로 나타낼 수가 없다. 그래서 여자는 남자의 두려움이 어떤 것인지 알지도 못한 채 미소만 지어 보인다. 둘이 가로등 밑에 서 있을 때에 시간이 멈추었다가 다시 움직인다. 두 사람이 고개를 기울인 각도는 시간이 다시 움직이기 시작하기 전이나 다름없이 정확하게 그대로고, 심장의 고동 소리도 달라진 것 같지 않다. 그러나 이 여자의 마음속 깊은 곳에서 전에 없던 생각이 살포시 고개를 든다. 젊은 여자는 이 새로운 생각을 더듬다가 무의식 속으로 빠져든다. 그러는 사이에 그녀의 미소 가운데로 거미줄처럼 가느다랗게 멍한 기색이 지나간다. 이 머뭇거림은 너무나도 짧아서 아주 주의 깊게 관찰하지 않으면 알아볼 수 없을 정도지만, 그럼에도 조급한 남자는 이를 알아차리고 어떤 기미라고 생각한다. 그는 여자에게 다시는 만날 수 없노라고 말하고는 초이크하우스 거리에 있는 자그마한 아파트로 돌아가서, 쥐리히로 이사를 가 삼촌의 은행에서 일하기로 마음먹는다. 여자는 게르베른 거리의 가로등 밑에서 천천히 집으로 걸어가면서 남자가 왜 자신을 사랑하지 않을까 의아해한다.

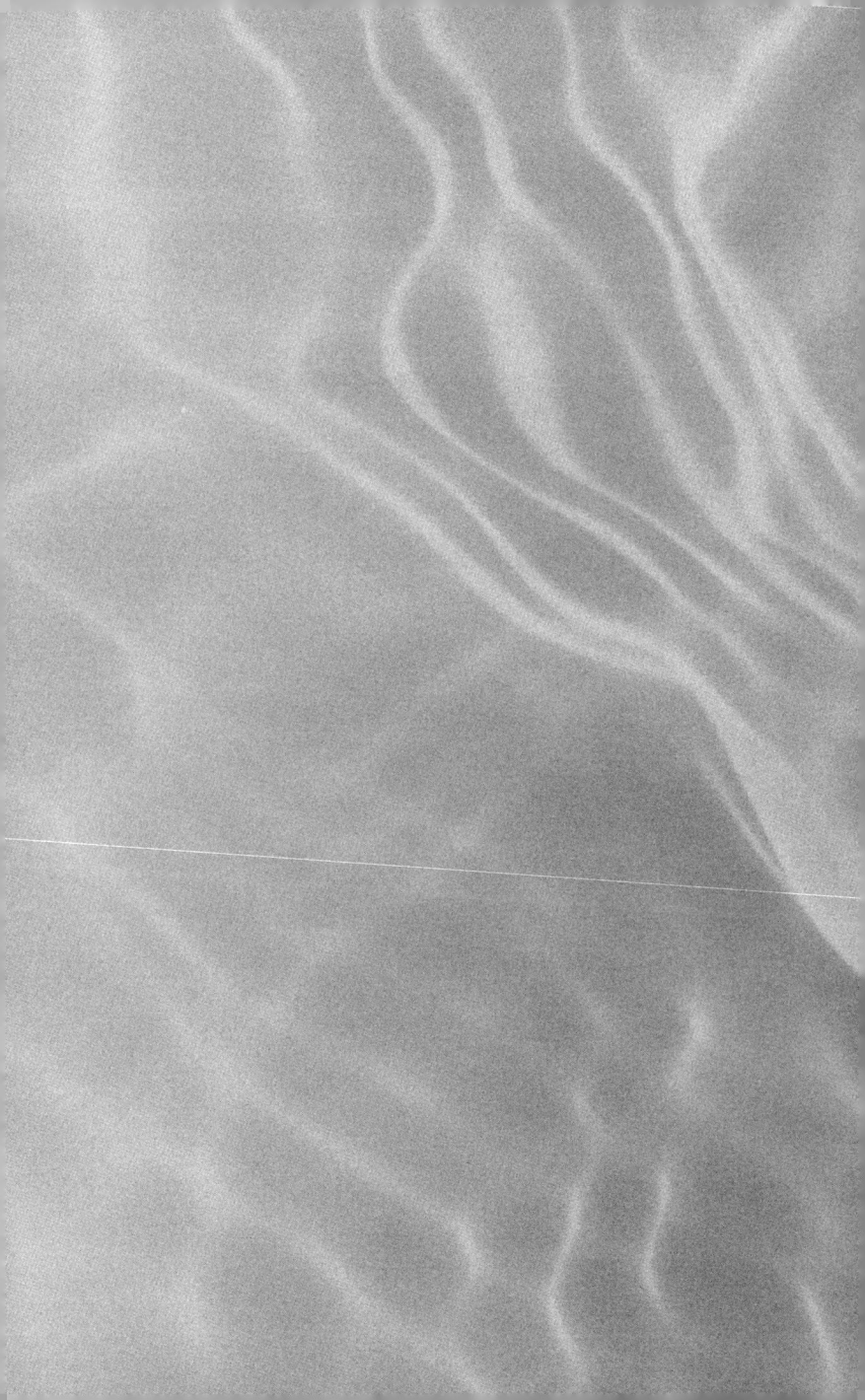

인터루드

 아인슈타인과 베소는 조그마한 낚싯배에 앉아 아레강 가운데에 닻을 내려놓고 있다. 베소는 치즈 샌드위치를 먹고 아인슈타인은 파이프 담배를 뻐끔대면서 천천히 미끼를 감아올린다.

 "이렇게 강 한가운데까지 나오면 뭐가 좀 잡히나?" 아인슈타인과는 한 번도 낚시를 같이 해본 적이 없는 베소가 묻는다.

 "전혀." 아인슈타인은 계속 낚시를 던진다.

 "강가 쪽으로 자리를 옮기는 게 좋을 거 같은데. 저기 갈대숲 근처로 말이야."

 "그래도 되지." 아인슈타인이 말한다. "거기서도 뭘 낚은 적은 없지만. 샌드위치 더 있나?"

베소는 아인슈타인에게 샌드위치와 맥주를 건넨다. 그는 이 일요일 오후에 친구를 따라 낚시를 나오겠다고 한 것에 대해 약간 미안한 기분이 든다. 아인슈타인은 혼자 낚시를 나올 생각이었던 것이다. 생각을 하려고.

"먹어. 너무 그렇게 고기만 낚으면 힘드니까 잠깐 쉬어야지." 베소가 말한다.

아인슈타인은 낚싯대를 베소의 무릎에 내려놓고 먹기 시작한다. 한동안 두 친구는 아무 말이 없다. 조그만 빨간색 모터보트가 지나가면서 파도를 일으킨다. 낚싯배가 넘실넘실 위로 올랐다가 아래로 내려갔다가 한다.

점심을 먹고 나서 아인슈타인과 베소는 의자를 접고 배 바닥에 드러누워 하늘을 올려다본다. 아인슈타인은 오늘 낚시를 포기한 참이다.

"구름이 뭘로 보이나, 미켈레?" 아인슈타인이 묻는다.

"얼굴을 찡그린 사람을 염소가 뒤쫓는 것 같은데."

"자네는 현실적인 사람이야, 미켈레." 아인슈타인은 구름을 쳐다보지만 생각은 연구에 쏠려 있다. 베소에게 꿈 이야기를 하고 싶은데 어떻게 이야기해야 좋을지 알 수가 없다.

"나는 자네가 시간 이론에 성공할 것 같아." 베소가 말한다."그래서 성공하면 우리는 같이 낚시하러 올 거고, 자네는 나한테 그 이론을 설명해 줘야 해. 자네가 유명해지면 나한테 제일 먼저 그 얘기를 해줬다는 걸 기억하도록 말이야. 여기 이 배 안에서."

아인슈타인은 웃는다. 구름이 그의 웃음을 따라 앞뒤로 흔들흔들 움직인다.

1905년 6월 18일

로마 한가운데에 있는 어느 성당 앞에 만 명이나 되는 사람들이 거대한 시계에 붙은 바늘처럼 줄을 서 있다. 줄은 로마 변두리로, 더 바깥으로까지 이어져 있다. 그렇지만 이들 끈기 있는 순례자들은 안쪽을 향해 서 있다. 바깥쪽이 아니다. 자기 차례가 되어 시간의 성전으로 들어가기를 기다리고 있다. 위대한 시계에 절을 할 차례를 기다리고 있는 것이다. 이들은 먼 곳으로부터, 혹은 다른 나라로부터 여행을 시작하여 이 성지에 도착했다. 깔끔한 거리를 따라 줄이 조금씩 앞으로 나아가는 동안 모두 조용히 서 있다. 몇몇은 기도책을 읽는다. 어떤 사람들은 아이를 안고 있다. 어떤 사람들은 무화과를 먹거나 물을 마신다. 이들이 기다리는 모습을 보면 시간이 가는지 어쩌는지 느끼지 못하는 것 같다. 시계를 들여다보지도 않는다. 시계를 가지고 있지 않은 것이다. 시계탑 종소리에 귀를 기울이지도 않는다. 시계탑이라는 것이 없기 때문이다. 손목시계도 벽시계도 금지되어 있다. 오로지 시간의 성전 안에 있는 위대한 시계뿐이다.

성전 안에는 열두 명의 순례자가 원을 이루어 위대한 시계를 둘러 서 있다. 금속과 유리로 된 거대한 시계 구조물의 숫자 자리에, 각각 한 명씩 배치되어 있는 것이다. 이들이 둘러선 안쪽에는 12미터 높이에서 육중한 시계추가 촛불에 반짝이며 흔들거린다. 순례자들은 시계추가 한 번 흔들릴 때마다, 시간의 마디가 하나씩 올라갈 때마다 합창한다. 순례자들은 각자의 삶에서 1분이 줄어들 때마다 합창한다. 이것이 이들이 바치는 희생이다.

위대한 시계로 한 시간이 지나면 이들 순례자는 성전을 떠나고 다시 열두 순례자가 높다란 문을 통해 차례차례 들어온다. 이 같은 행렬은 여러 세기에 걸쳐 내려온 의식이다.

오래전, 위대한 시계가 있기 전에는 천체의 움직임을 보고 시간을 쟀다. 밤하늘에서 별이 느릿느릿 움직이는 모양에 따라, 태양의 위치와 빛의 변화에 따라, 달이 차고 이우는 것에 따라, 밀물 썰물에 따라, 계절에 따라 시간을 가늠한 것이다. 또한 심장박동에 따라, 잠들고 깨는 주기에 따라, 규칙적으로 느끼는 허기에 따라, 여자들의 월경 주기에 따라, 외로움이 지속되는 기간에 따라서도 시간을 쟀다. 그러다가 이탈리아의 어느 조그마한 마을에서 기계를 이용한 시계가 처음으로 발명됐다. 사람들은 넋을 잃었다. 나중에는 두려움에 벌벌 떨었다. 이 인간의 발명품은 시간의 흐름을 양으로 따지고, 욕망과 욕망 사이에 잣대와 각도계를 놓고, 삶의 순간을 정확하게 재는 것이다. 마술 같았고, 참을 수 없었고, 자연의 이치에 맞지 않는 것이었다. 그럼에도 시계를 무시할 수는 없었다. 시계는 숭배의 대상이 되었다. 사람들은 시계를 발명한 사람을 설득해서 위대한 시계를 세우도록 했다. 시계가 완성된 뒤에는 그를 죽이고 다른 시계를 모두 부숴버렸다. 그때부터 순례가 시작된 것이다.

어떻게 보면 세상은 위대한 시계가 있기 전이나 다름없이 돌아간다. 마을 길거리나 골목길에서 아이들 웃음소리가 터져 나온다. 가족들은 편안한 시간에 한자리에 모여 훈제 쇠고기를 먹고 맥주를 마신다. 사춘기의 소년 소녀들은 아케이드 뜰 너머로 수줍은 듯 서로를 훔쳐본다. 화가들은 집과 건물을 그림으로 아름답게 꾸민다. 철학자들은 명상한다. 그러나 숨결마다, 다리를 꼴 때마다, 사랑의 욕구가 일 때마다 마음 한구석에서 어렴풋이 옹이 같은 것이 밟힌다. 아무리 작은 것이라 해도 행동 하나하나가 이제는 자유롭지 않은 것이다. 로마 한가운데에 있는 어느 성당 안에서 톱니바퀴에 정교하게 이어진 추가 흔들리고 있다는 것을, 그들의 삶을 재는 추가 흔들리고 있다는 것을 모든 사람들이 알기 때문이다. 그래서 사람들은 저마다 살다 보면 한가한 때가 있게 마련이고 그때면 위대한 시계에게 문안을 올리러 가야 한다는 것을 알고 있다. 남자나 여자나 할 것 없이 누구나 시간의 성전으로 여행을 떠나야 한다.

어느 날이건 어느 시각이건 만 명이나 되는 사람들이 로마 한가운데에 줄을 서 있다. 위대한 시계에 절을 하려고 기다리는 순례자의 긴 행렬이다. 이들은 말없이 서서 기도책을 읽거나 아이를 안고 있다. 이들은 말없이 서 있지만 남몰래 울화가 치민다. 재어서는 안 되는 것을 재는 장면을 지켜보아야 하기 때문이다. 정확하게 분과 시가 지나고 세월이 지나는 것을 지켜보아야 하기 때문이다. 이들은 다름 아닌 자신의 창의력과 무모함에 사로잡힌 사람들이다. 그래서 그 대가로 자기 삶을 지불해야 하는 것이다.

1905년 6월 20일

　여기 이 세계에서는 시간이 지역에 따라 다르다. 시계 두 개를 나란히 붙여놓으면 두 시계는 거의 같은 속도로 똑딱거린다. 그러나 서로 떼어놓으면 속도가 달라지고 멀리 떼어놓으면 떼어놓을수록 속도는 더욱 차이가 난다. 시계의 속도에 따라 맥박도 달라지고, 숨을 들이쉬고 내쉬는 속도도, 풀숲을 지나는 바람의 움직임도 달라진다. 이 세계에서는 시간이 흐르는 속도가 장소에 따라 다르다.

　시간의 흐름이 다르므로 도시 간의 거래는 있을 수 없다. 도시 간의 격차가 너무 큰 것이다. 예를 들어 스위스프랑 지폐로 만 프랑을 세는 데 베른에서는 10분이 걸리고 취리히에서는 한 시간이 걸린다면, 두 도시가 어떻게 거래를 할 수 있겠는가? 결과적으로 도시는 저마다 혼자다. 도시는 저마다 하나의 섬이다. 도시마다 제각기 버찌와 자두를 키워야 하고, 도시마다 제각기 닭과 소를 쳐야 하고, 도시마다 제각기 공장을 지어야 한다. 도시마다 제각기 나름대로 살아야 하는 것이다.

이따금 다른 도시로 용감하게 여행을 떠나는 사람이 있을 것이다. 그 사람은 어떻게 될까? 베른에서 몇 초면 되던 일이 프리부르크에서는 몇 시간이, 루체른에서는 며칠이 걸릴 수 있다. 한 곳에서 나뭇잎이 떨어지는 사이에 다른 곳에서는 꽃이 피어날 수도 있다. 한 곳에서 천둥이 치는 동안에 다른 곳에서는 두 사람이 사랑에 빠질 수도 있다. 아이가 어른으로 자라는 시간에 창유리에 빗방울 하나가 미끄러져 내려갈 수도 있다. 그러나 나그네는 이 차이를 알지 못한다. 그가 한 도시에서 다른 시간대의 도시로 옮겨 가는 사이에 몸이 그 도시의 시간에 적응하는 것이다. 모든 심장박동이, 모든 추의 흔들림이, 가마우지의 모든 날갯짓이 조화를 이루고 있다면, 자신이 새로운 시간대로 들어왔다는 것을 나그네가 어떻게 알 수 있을까? 인간의 욕구와 연못에 이는 물결이 같은 비율로 변화한다면 뭔가가 달라졌다는 것을 나그네가 어찌 알 수 있을까?

자신이 떠나온 도시와 연락을 주고받을 때에만 나그네는 새로운 시간 구역으로 들어왔다는 사실을 깨닫는다. 그때에 그는 그가 없는 사이에 그의 옷가게가 엄청나게 번창해서 여러 군데에 지점을 차렸고, 딸이 인생을 다 살아 늙은이가 되었고, 또는 그가 앞문을 나설 때에 이웃집 여자가 부르던 노래를 방금 막 끝까지 불렀다는 것을 알게 된다. 그제야 나그네는 자기가 공간상으로뿐 아니라 시간상으로도 따로 떨어져 나왔다는 것을 안다. 자기가 원래 살던 도시로 돌아가는 나그네는 한 사람도 없다.

어떤 사람들은 도시와 도시가 따로따로인 것을 다행으로 생각한다. 이들은 자기 도시가 제일 멋진데 다른 도시와 서로 오갈 필요가 어디 있냐고, 자기네 도시에 있는 공장에서 나오는 비단보다 더 부드러운 비단이 어디 있냐고, 자기네 도시 목초지에서 자라는 암소보다 더 튼튼한 암소가 어디 있냐고, 자기네 도시 가게에 진열된 시계보다 더 좋은 시계가 어디 있냐고 주장한다. 이 같은 사람들은 아침 해가 산등성이 위로 떠오를 때에 발코니에 나와서도 도시 변두리 저편을 바라보는 일이 결코 없다.

어떤 사람들은 도시 간의 접촉을 바란다. 이들은 어쩌다 한 번씩 도시 안으로 정처 없이 흘러들어 오는 나그네가 있으면 그가 가본 곳은 어떤지, 다른 도시에서 지는 해는 어떤 빛깔인지, 사람과 동물의 키는 어떤지, 어떤 말을 쓰는지, 청혼할 때에는 어떤 풍습이 있는지, 발명품은 어떤 것이 있는지에 대해 끝도 없이 묻는다. 시간이 지나면 이들 호기심 많은 사람들 가운데 한 사람이 눈으로 직접 보고 싶어서 그가 사는 도시를 떠나 다른 도시를 방랑하는 나그네가 된다. 그는 다시 돌아오지 않는다.

시간이 지역에 따라 다른 이 세계에서는, 서로 따로따로 떨어져 사는 이 세계에서는 살아가는 모습이 아주 다양하다. 도시끼리 서로 오고가지 않으므로 세상살이가 수천 가지 다른 방향으로 발전해 나갈 수 있다. 어떤 도시에서는 사람들이 가까이 모여 함께 살아갈 수도 있고 다른 곳에서는 뚝 떨어져 살 수도 있다. 어떤 도시에서는 옷을 적당히 입고 사는가 하면 또 어떤 곳에서는 아무것도 걸치지 않고 살 수도 있다. 어떤 도시에서는 원수가 죽으면 사람들이 통곡하고 또 어떤 도시에서는 원수도 친구도 없을 수 있다. 어떤 도시에서는 사람들이 걸어 다니겠지만 어떤 곳에서는 이상한 발명품을 타고 다닐 수도 있다. 100킬로미터만 서로 떨어져 있어도 이보다 더 다양한 모습이 펼쳐진다. 산 하나만 넘어도, 강 하나만 건너도 살아가는 방식이 다른 것이다. 그럼에도 이들은 서로 말을 섞지 않는다. 이들은 삶을 서로 나누지 않는다. 이들은 서로 삶을 통해 배우지 않는다. 동떨어져 살아가면서 생겨나는 삶의 다양한 모습이, 동떨어져 살아간다는 바로 그 이유 때문에 한 곳에 갇히는 것이다.

1905년 6월 22일

아가시츠 고등학교 졸업식 날이다. 129명의 남학생이 하얀 셔츠에 밤색 넥타이 차림으로 대리석 계단 위에 서서 햇볕을 받으며 가만히 있지 못하고 몸을 달싹거리고, 그사이에 교장은 학생들의 이름을 읽어 내려간다. 교정의 잔디밭에는 부모와 친척들이 교장의 목소리를 건성으로 들으면서 의자에 앉아 땅을 내려다보고 꾸벅꾸벅 존다. 졸업생 대표가 나와 단조로운 목소리로 고별사를 읽는다. 그는 메달을 받으며 엷게 미소를 짓지만 식이 끝난 뒤 메달을 풀숲에 내던져 버린다. 아무도 그에게 축하한다는 말을 하지 않는다. 학생들과 어머니와 아버지와 누이들은 무관심한 표정으로 암트하우스 거리나 아어 거리에 있는 집으로 돌아가거나 반호프 광장 근처에서 점심을 먹고 벤치에 앉아 카드놀이를 하면서 시간을 보내거나 낮잠을 잔다. 정장은 다음에 입을 수 있도록 잘 개어 보관한다. 여름이 끝나갈 무렵 이들 가운데 일부는 베른이나 취리히에 있는 대학교에 가고, 일부는 아버지의 일을 배우고, 일부는 일자리를 찾아 독일이나 프랑스로 간다. 이런 일들이 모두 앞뒤로 흔들리는 시계추처럼, 체스 게임에서 외통수로 몰리는 줄 뻔히 알면서도 어쩔 수 없이 말을 옮기듯이, 무관심하게, 기계적으로 일어난다. 이 세계는 미래가 결정되어 있는 곳이다.

여기 이 세계에서 시간은 사건이 일어날 여지를 남겨두는 유동적인 액체와 같은 것이 아니다. 이곳에서 시간은 뼈처럼 단단한 구조물을 이루고 있어서, 앞으로 뒤로 끝없이 뻗어 과거뿐 아니라 미래까지도 화석으로 만든다. 행동 하나하나가, 모든 생각이, 모든 바람이, 새들의 날갯짓 하나하나가 영영 완전히 결정되어 있다.

국립극장 무대에서는 발레리나가 무대를 돌며 움직이다가 공중으로 뛰어오른다. 공중에 잠시 떠 있다가 다시 바닥으로 내려온다. 도약, 율동, 도약. 다리를 꼬았다가 폈다가, 팔을 뻗어 커다란 원을 그린다. 이제 회전을 준비한다. 오른발을 뒤로 옮기고 한 발로 바닥을 아래로 밀면서 회전하며 그 속도가 빨라지도록 팔을 안으로 모아 들인다. 정확하다. 시계 같다. 발레리나는 춤을 추면서 아까 뛰어오를 때 공중에 좀 더 떠 있어야 했다는 생각을 하지만 그녀의 동작은 그녀의 것이 아니기 때문에 그럴 수가 없다. 그녀의 몸과 마룻바닥, 몸과 공간과의 상호작용은 이미 몇억분의 1센티미터까지 정확하게 결정되어 있는 것이다. 떠 있을 여지가 없다. 떠 있다는 것에는 약간 불확실하다는 의미가 담겨 있는데 불확실이라는 것 자체가 없는 것이다. 그래서 그녀는 무대 위에서 시계처럼 필연적으로 움직이면서, 뜻밖의 도약은 감히 생각도 하지 않고, 정해진 자리를 정확하게 내디디며, 계획에 없는 동작은 꿈도 꾸지 않는다.

미래가 고정된 세계에서 인생은 끝없이 방이 늘어서 있는 복도와 같다. 매 순간 방 하나에 불이 들어오고 다음 방은 아직 어둡지만 준비가 되어 있다. 사람들은 한 방에서 다음 방으로 걸어가 불이 켜져 있는 방을, 현재의 순간을 들여다보고는 계속 앞으로 나아간다. 앞으로 어떤 방이 기다리고 있는지는 몰라도 그것을 바꿀 수 없다는 사실은 안다. 우리는 우리 삶의 구경꾼이다.

코허 거리의 약국에서 일하는 어떤 약사가 오후 휴식 시간에 거리를 걸어가고 있다. 그는 마르크트 거리의 어느 시계방 앞에 잠시 멈췄다가, 그 옆 빵집에서 샌드위치를 사고, 숲과 강 쪽으로 계속 걸어간다. 친구에게 빚을 지고 있지만 그래도 자신을 위한 선물을 산다. 새로 산 외투를 입고 기분 좋게 걸어가면서 빚은 내년에 갚으면 된다고 생각한다. 아니면 아예 갚지 않거나. 그래도 누가 그를 나쁘다고 할 것인가? 미래가 고정되어 있는 세계에서는 옳음도 그름도 있을 수 없다. 옳고 그름은 스스로 선택할 자유가 있을 때에만 존재할 수 있는데, 행동이 모두 미리 정해져 있다면 선택의 자유는 없다. 미래가 고정되어 있는 세계에서는 아무도 책임을 지지 않는다. 방이 이미 준비되어 있기에 약사는 브룽가스 언덕의 숲 사이로 난 오솔길을 따라 축축한 공기 속을 걸으면서 이 모든 것을 생각한다. 자신이 내린 결론이 하도 만족스러워서 거의 미소까지 나올 정도다. 그는 축축한 공기를 들이쉬면서 이상하게도 마음대로 할 수 있다는 자유로움을 느낀다. 자유가 없는 세계에서 자유로움을 느끼는 것이다.

1905년 6월 25일

일요일 오후. 사람들은 말쑥한 옷차림에 일요일 정찬을 배불리 먹고, 아어 거리를 거닐면서 유유히 흘러가는 강물을 보며 나직이 이야기를 주고받는다. 가게는 모두 문이 닫혀 있다. 세 여자가 마르크트 거리를 걸어가다가 멈춰 서서 광고를 읽고, 또 멈춰 서서 가게 창 안을 들여다보고, 말없이 계속 길을 간다. 여관 주인은 계단을 쓸어낸 다음, 앉아서 신문을 읽고, 사암 벽에 기대고 눈을 감는다. 거리가 잠들어 있다. 거리가 잠들어 있고, 어디선가 한 줄기 바이올린 소리가 공기를 타고 흘러온다.

탁자에 책이 놓여 있는 방 한가운데 한 젊은이가 서서 바이올린을 켜고 있다. 그는 바이올린을 사랑한다. 그가 켜는

곡조는 부드럽다. 연주하면서 그는 아래쪽 거리를 내려다본다. 남녀 한 쌍이 바짝 붙어 있다. 그는 깊은 갈색 눈으로 그들을 바라보다가 눈길을 돌린다. 그는 너무나도 가만히 서 있다. 그가 연주하는 음악만이 유일한 움직임이다. 그의 음악이 방 안을 가득 메운다. 그는 너무나도 가만히 선 채로, 아래층 방에 있는 아내와 젖먹이 아기를 생각한다.

그리고 그가 연주를 하는 사이에 다른 남자가, 그와 똑같은 남자가 방 한가운데 서서 바이올린을 켠다. 이 사람도 아래쪽 거리를 내려다본다. 남녀 한 쌍이 바짝 붙어 있고, 그는 눈길을 돌리고, 아내와 젖먹이 아기를 생각한다. 그리고 그가 연주를 하는 사이에 또 다른 사람이 서서 바이올린을 켠다. 그리고 네 번째, 다섯 번째도 있고 끝없이 많은 젊은이들이 방에 서서 바이올린을 켠다. 멜로디와 생각이 끝없이 많다. 그리고 이 한 시간은, 이 젊은이들이 서서 바이올린을 연주하는 이 한 시간은 한 시간이 아니라 여러 시간이다. 시간은 두 거울 사이에 세워놓은 촛불과 같기 때문이다. 시간은 앞뒤로 반사되면서 수없이 많은 영상과 멜로디와 생각을 자아낸다. 이곳은 같은 것이 수없이 많은 세계다.

그리고 첫 번째 젊은이는 생각하면서 다른 젊은이들을 느낀다. 그는 그들의 음악과 그들의 생각을 느낀다. 그는 자신이 수천 번 되풀이되는 것을 느끼고 책이 있는 이 방이 수천 번 되풀이되는 것을 느낀다. 그는 자신의 생각이 되풀이되는 것을 느낀다. 아내를 떠나야 하나? 그때 대학교 도서관에서 그녀가 책상 너머로 그를 쳐다보던 그 순간은 어쩌고? 아내의 짙은 갈색머리는 또 어떻고? 그렇지만 아내가 마음 편하게 해준 적이 있었나? 바이올린을 연주하는 이 한 시간을 빼면 혼자 있을 수 있는 시간을 언제 주었나?

그는 다른 젊은이들을 느낀다. 그는 자신이 수천 번 되풀이되는 것을 느끼고, 이 방이 수천 번 되풀이되는 것을 느끼고, 그의 생각이 수천 번 되풀이되는 것을 느낀다. 되풀이되는 것 가운데 어떤 것이 그 자신의 것이고, 참모습이고, 미래의 모습일까? 아내를 떠나야 하나? 그때 대학교 도서관의 그 순간은 어쩌고? 그렇지만 아내가 마음 편하게 해준 적이 있었나? 바이올린을 연주하는 이 한 시간을 빼면 혼자 있을 수 있는 시간을 언제 주었나? 생각은 그 자신과 똑같은 수천 명 젊은이들 사이에서 차례로 반사되고 매번 반사되면서 점점 흐릿해진다. 아내를 떠나야 하나? 아내가 마음 편하게 해준 적이 있었나? 혼자 있을 시간은? 생각은 매번 반사되면서 차차 희미해진다. 아내가 마음 편하게 해준 적이 있었나? 혼자 있을 시간은? 생각은 점차 희미해져서 나중에는 의문이 무엇이었는지, 까닭이 무엇이었는지를 거의 기억하지 못하게 된다. 혼자 있을 시간? 그는 텅 빈 거리를 내다보면서 연주한다. 음악이 두둥실 방 안을 가득 메우고 셀 수도 없이 긴 시간인 그 한 시간이 지났을 때 그는 오직 음악만을 기억한다.

1905년 6월 27일

화요일이면 중년의 어떤 남자가 베른 동쪽의 채석장에서 호들러 거리에 있는 건축 공사장으로 돌을 배달한다. 아내가 있고, 두 아이는 자라서 따로 살고, 결핵을 앓는 형은 베를린에 산다. 그는 회색빛의 순모 외투를 사계절 내내 입고 다니며, 해가 저문 뒤에도 채석장에서 일한 뒤, 아내와 저녁을 먹고, 잠자리에 들고, 일요일이면 정원을 손질한다. 그리고 화요일 아침에는 트럭에 돌을 가득 싣고 시내로 들어온다.

그는 배달을 나올 때마다 마르크트 거리에 들러서는 밀가루와 설탕을 산다. 성 빈첸츠 대성당 뒷자리에 조용히 앉아 30분을 보낸다. 우체국에 들러 베를린으로 편지를 한 통 부친다. 그리고 거리에서 사람들을 지나칠 때에는 땅바닥을 내려다본다. 어떤 사람들은 그를 알아보고 눈을 마주쳐 보려 하거나 인사를 건네보기도 한다. 그는 중얼중얼 말하고는 계속 걸어간다. 호들러 거리에 돌을 배달할 때조차 그는 석공의 눈을 똑바로 쳐다볼 수 없다. 석공이 친근하게 말을 건네오면 오히려 눈길을 돌려 벽에다 대답하고, 돌의 무게를 달 때는 한쪽 귀퉁이에 서 있다.

40년 전, 학교에 다니던 3월 어느 날의 오후. 그는 수업 중에 오줌을 싸고 말았다. 참을 수가 없었다. 오줌을 싸고 나서 그는 의자에 가만히 앉아 있으려고 했지만, 다른 아이들이 의자 밑의 웅덩이를 보고는 그가 교실 안을 계속 돌아다니게 만들었다. 아이들은 바지의 젖은 부분을 가리키며 배를 잡고 웃어댔다. 그날 햇살은 창으로 교실 널마루에 쏟아지는 우유처럼 하얗게 쏟아져 들어왔다. 교실 출입문 옆 옷걸이에는 재킷 스물네 벌이 걸려 있고, 칠판에는 분필로 유럽 여러 나라의 수도가 가득 적혀 있었다. 서랍이 딸린 그의 회전식 책상 오른쪽 윗부분에는 '요한'이라고 새겨져 있었다. 라디에이터에서 나오는 공기는 눅눅하고 후텁지근했다. 커다란 빨간색 바늘이 붙은 벽시계는 2시 15분을 가리키고 있었다. 그리고 아이들은 그를 놀려댔고, 바지가 젖은 채로 교실 안을 빙빙 돌며 달아나는 그를 뒤쫓으며 놀려댔다. 아이들은 그를 놀려댔다. "오줌싸개, 오줌싸개, 오줌싸개."

그 기억이 그의 삶이 됐다. 아침에 잠에서 깨어나면 그는 바지에 오줌을 싼 꼬마로 되돌아간다. 거리에서 사람들을 지나칠 때 그는 사람들이 바지의 젖은 부분을 쳐다보는 것처럼 느낀다. 그는 흘끔 바지를 쳐다본 다음 다른 곳으로 눈길을 돌린다. 자식들이 집으로 찾아오면 그는 자기 방 안에서 나오지 않은 채 문을 사이에 두고 이야기한다. 그는 오줌을 참을 수가 없었던 그 꼬마인 것이다.

그렇지만 과거는 무엇일까? 과거가 고정불변이라는 생각은 틀린 것이 아닐까? 갑자기 불어오는 산들바람에, 웃음에, 생각에 뒤흔들려 모양이 바뀌는 만화경 같은 것은 아닐까? 만일 과거의 모양이 바뀐다면 그것을 어떻게 알 수 있을까?

과거가 바뀌는 세계에서, 어느 날 아침 이 남자가 일어나면 더 이상 그는 오줌을 참을 수가 없었던 그 꼬마가 아니다. 오래 전의 그 3월 오후는 여느 오후와 다를 것이 없다. 잊어버린 그 오후에 그는 수업시간에 선생님이 묻는 것에 대답하고 학교가 끝난 뒤 다른 아이들과 썰매를 타러 갔다. 이제 그는 채석장 주인이다. 양복이 아홉 벌 있다. 아내를 위해 고급 도자기를 사고 일요일 오후에는 아내와 함께 멀리 산책을 나간다. 암트하우스 거리와 아어 거리에 있는 친구들을 찾아가고, 미소를 지으며 그들과 악수를 나눈다. 그는 연주회를 후원하기도 한다.

어느 날 아침 그가 일어났을 때…….

해가 도시 위로 떠오르면 만 명이 잠자리에서 일어나 토스트를 먹고 커피를 마신다. 만 명이 크람 거리의 아케이드를 메우거나, 슈파이허 거리로 일하러 나가거나, 아이들을 데리고 공원으로 나간다. 누구나 과거를 짊어진 채 살아간다. 자신의 아이를 사랑할 수 없었던 아버지, 언제나 이기기만 했던 형, 입술이 달콤했던 연인, 시험 볼 때 답을 슬쩍 베껴 쓰던 일, 하얗게 쌓인 눈에서 퍼져나가는 고요함, 시집 출간 등. 과거가 바뀌는 세계에서 이들 기억은 바람에 흩날리는 밀알이고, 스러져가는 꿈이고, 흩어지는 구름이다. 한때 있었던 사건은 단 한 번의 눈길에, 한 차례의 폭풍우에, 하룻밤 사이에 현실에서 사라진다. 시간 속에서 과거는 전혀 없었던 일이다. 그렇지만 누가 알 수 있을까? 과거가 지금 이 순간과는 달리 뒤바뀐다는 사실을 누가 알 수 있을까? 햇살이 베른 알프스 위로 쏟아져 내리고, 가게 주인들이 차양을 걷어 올리면서 노래를 부르고, 채석장 일꾼이 트럭에 돌을 싣기 시작하는 지금 이 순간에.

1905년 6월 28일

"그렇게 많이 먹으면 못써." 할머니는 아들의 어깨를 툭 치며 말한다. "그러다 나보다 먼저 가버리면 이 어미 재산은 누가 지켜줄는지." 가족이 베른에서 남쪽으로 10킬로미터 떨어진 아레강 강둑으로 소풍을 나왔다. 여자아이들은 점심을 다 먹은 다음 가문비나무 둘레를 빙빙 돌며 술래잡기를 한다. 마침내 어지러워지자 아이들은 무성한 풀밭에 털썩 누워 한동안 가만히 있다가, 곧 땅에서 데굴데굴 구르고, 다시 어지러워한다. 아들과 아주 뚱뚱한 며느리와 할머니는 담요를 깔고 앉아 훈제 햄, 치즈, 겨자를 친 시큼한 빵, 포도, 초콜릿 케이크를 먹는다. 먹고 마시는 동안 강 위로 산들바람이 불어와 이들은 싱그러운 여름 공기를 들이쉰다. 아들은 신을 벗고 풀밭 속에서 발가락을 꼼지락거린다.

갑자기 새 떼가 머리 위로 쏜살같이 날아간다. 젊은 아들은 담요 위에서 벌떡 일어서더니 신도 신지 않은 채 새들을 쫓아 달려간다. 그는 산등성이 너머로 사라진다. 곧이어 도시에서 그 새를 본 사람들도 그 뒤를 쫓아간다.

한 마리가 나무에 내려앉았다. 한 여자가 나무를 타고 올라 새를 잡으려고 손을 뻗지만 새는 금방 더 높은 가지 위로 날아오른다. 여자는 더 위로 가지를 타고 아슬아슬 기어오른다. 새는 낮은 가지로 팔짝 뛰어내린다. 여자가 나무 위에서 오도 가도 못 하고 있을 때에 또 다른 새 한 마리가 땅으로 내려와 씨를 쪼아 먹는다. 두 남자가 종 모양의 커다란 유리 덮개를 들고 뒤에서 살그머니 다가간다. 그러나 새는 재빨리 공중으로 날아올라 다시 무리 속으로 돌아간다.

이제 새들은 시내를 날아 지나간다. 성 빈첸츠 대성당 신부가 종탑 곁에 서서 새들을 성당 안으로 꾀어 들이려 한다. 클라이네 산체 공원에서는 나이 든 여자가 새들이 잠시 수풀 속에서 지저귀는 것을 본다. 그녀는 유리 덮개를 들고 천천히 다가가다가, 자기가 도저히 새를 잡을 수 없다는 것을 알고는 덮개를 땅바닥에 떨어뜨리고 흐느껴 울기 시작한다.

그렇게 절망에 빠진 사람은 이 여자만이 아니다. 사실은 남자나 여자나 할 것 없이 누구나가 새를 잡고 싶어 한다. 꾀꼬리 떼는 바로 시간이기 때문이다. 새들이 움직이면 시간도 같이 퍼덕거리고, 들뜨고, 폴짝폴짝 뛴다. 새 한 마리를 덮개에다 가두면 시간은 멈춘다. 그 순간에 붙잡힌 모든 사람과 나무와 흙의 시간이 정지하는 것이다.

실제로 이들 새가 잡히는 일은 거의 없다. 새를 잡을 수 있을 만큼 몸놀림이 빠른 사람은 아이들뿐인데 아이들은 시간을 멈추고 싶은 마음이 없다. 아이들 생각에 시간은 그렇잖아도 너무 느리게 움직인다. 아이들은 순간에서 순간으로 허겁지겁 달려가면서 생일과 새해를 애타게 기다린다. 남은 인생을 도저히 기다릴 수 없다. 노인들은 시간을 멈추고 싶은 생각이 간절하지만 너무 굼뜨고 피로에 지쳐 한 마리도 잡지 못한다. 노인에게는 시간이 너무 빨리 날아간다. 이들은 아침 식탁에서 차를 마실 때나, 옷에서 빠져나오려고 버둥거리는 손자손녀를 볼 때나, 겨울 햇살이 눈밭에 반사되어 음악이 흐르는 방 안으로 쏟아져 들어올 때도 1분이라는 시간을 멈추고 싶은 마음이 굴뚝같다. 그렇지만 이들은 너무 둔하다. 시간이 손닿을 수 없는 곳에서 뛰고 날아가는 것을 보고만 있어야 하는 것이다.

어쩌다 꾀꼬리가 잡히기라도 하면 잡은 사람은 멈춰버린

순간에 몹시 기뻐한다. 이들은 가족과 친구들의 정확한 그 모습을, 얼굴에 나타난 표정을, 상을 받거나 아이가 태어나거나 사랑에 빠져 행복한 순간을, 순간에 갇힌 계피나 하얀겹바이올렛 향기를 만끽한다. 이들은 완전히 멈춰버린 순간에 몹시 기뻐하지만, 이내 꾀꼬리가 죽고, 피리 소리처럼 맑은 노래가 침묵으로 잦아들고, 사로잡힌 순간들이 점점 시들어 생명이 사라진다는 사실을 알게 된다.

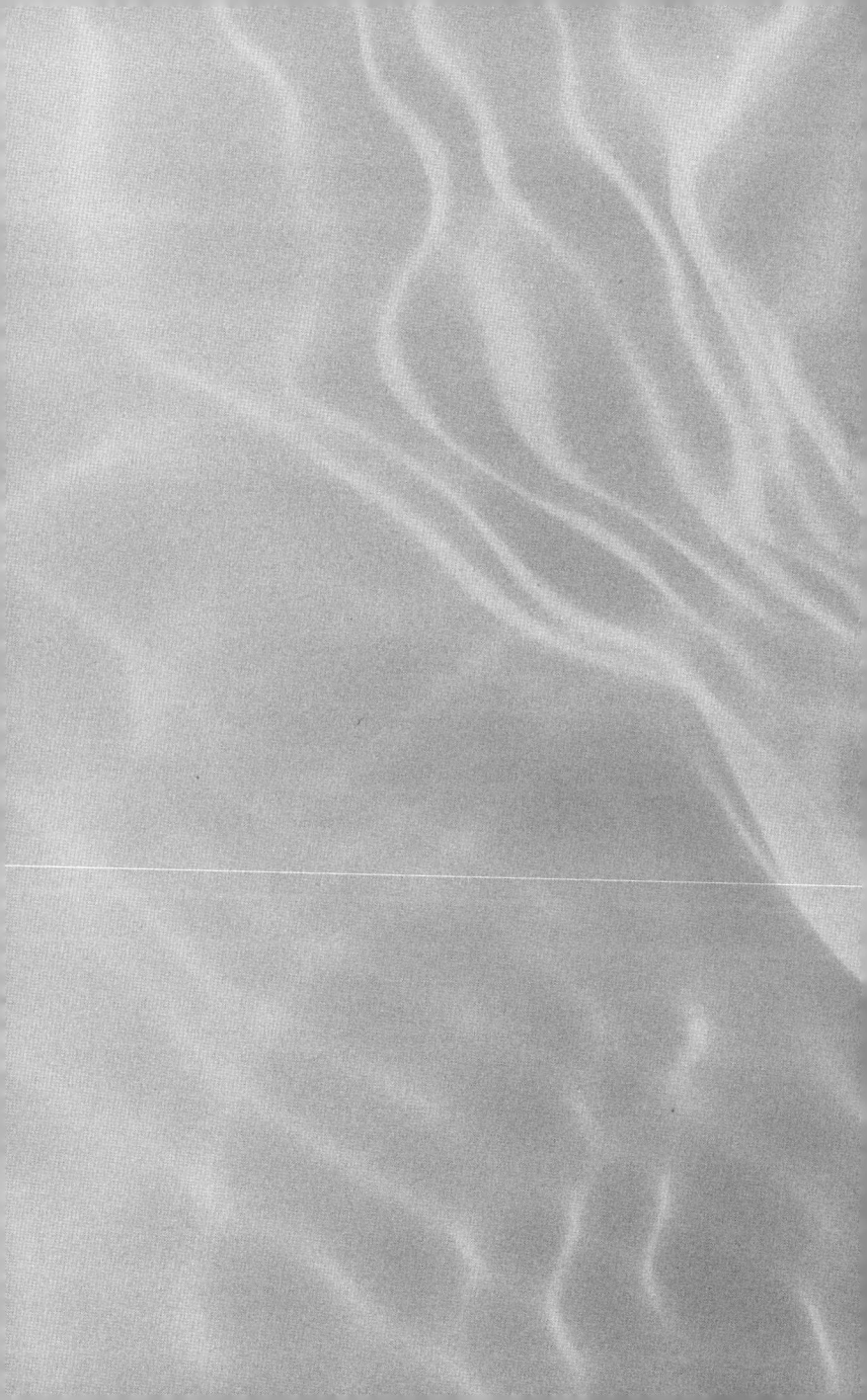

에필로그

멀리 시계탑에서 종소리가 여덟 번 울린다. 젊은 특허 담당 사무원은 책상에 떨어뜨렸던 고개를 들고, 일어서서 기지개를 켜더니 창으로 다가간다.

바깥, 도시는 깨어 있다. 어떤 여자가 점심 꾸러미를 건네주면서 남편과 입씨름을 벌인다. 초이크하우스 거리에 있는 고등학교로 가는 남학생들이 축구공을 던져 서로 주고받으면서 신나게 여름방학 이야기를 하고 있다. 두 여자가 빈 장바구니를 들고 기분 좋게 마르크트 거리 쪽으로 걸어간다.

이내 고참 사무원이 사무실 안으로 들어와서는 한마디 말도 없이 자기 책상으로 다가가 일을 시작한다. 아인슈타인은 뒤돌아서서 구석에 걸린 벽시계를 쳐다본다. 8시 3분. 그는 주머니 속에 있는 동전을 만지작거린다.

8시 4분에 비서가 들어온다. 그녀는 사무실 저편에서 아인슈타인이 손으로 쓴 원고를 들고 있는 것을 보고 미소 짓는다. 틈틈이 아인슈타인의 개인적인 글을 타자로 쳐준 일이 이미 여러 번 있는데, 그는 늘 달라는 대로 기꺼이 수고비를 준다. 그는 말이 없는 편이다. 이따금씩 농담을 하기는 하지만. 비서는 아인슈타인을 좋아한다.

아인슈타인은 원고를, 시간에 관한 그의 이론을 비서에게 준다. 8시 6분이다. 그는 자기 책상으로 다가가서 서류 더미를 흘끔 보고는 책장으로 걸어가서 공책을 한 권 꺼낸다. 그는 뒤돌아서서 다시 창가로 다가간다. 6월 말치고는 유별나다 싶을 정도로 공기가 깨끗하다. 어느 아파트 건물 위로 알프스가 보인다. 푸른 봉우리 꼭대기는 모두 하얗다. 더욱 위로, 작디작은 까만 점처럼 보이는 새 한 마리가 하늘에서 느릿느릿 원을 그리고 있다.

아인슈타인은 책상으로 돌아와 한동안 앉아 있다가 다시 창가로 돌아간다. 그는 텅 빈 느낌이다. 특허를 살펴본다거나, 베소와 이야기를 나눈다거나, 물리학 생각을 하고 싶은 마음이 조금도 없다. 그는 텅 빈 느낌이고 그래서 작디작은 까만 점과 알프스를 무심하게 바라본다.

옮긴이의 말

「보헤미안 랩소디」라는 영화와 노래로 우리에게도 잘 알려진 영국의 록 그룹 퀸이 부른 「'39」는 아인슈타인의 상대성이론이 배경이 되는 여행을 노래한다. 이 노래를 들으면 영화 「인터스텔라」를 떠올리는 사람도 많을 것이다. 어느 39년, 수명이 다해가는 지구에서 자원자들이 신세계를 찾아 우주로 떠나고, 긴 세월이 지난 39년에 임무를 완수하고 지구로 돌아온다는 내용이다. 돌아온 지구에서 주인공을 맞이하며 눈물을 흘리는 사람은 주인공이 사랑한 여인과 똑같은 눈을 한, 즉 그 여인의 자식이다. 돌아온 주인공에게는 1년밖에 시간이 지나지 않았지만 그새 지구는 다시 39년이 되었으니 100년이 흘렀다는 뜻이다.

노래는 거기서 끝나지만, 지구로 돌아온 그들은 남았던 이들과 함께 현재를 살아갈 것이다. 두 현재 사이에는 99년이라는 시차가 있지만 둘 다 같은 공간에 동시에 존재한다. 그렇다면 우주에서 돌아온 그들은 지구의 현재인 39년을 현재라고 생각할까, 아니면 그들이 직접 경험한 시간의 흐름에 따라 40년을 현재라고 생각할까? 마찬가지로 혹시라도 과거 여행이 실제로 가능해지는 날이 온다면, 먼 과거를 찾아가는 이에게 그곳은 과거일까, 현재일까? 현재를 살아가는 우리에게 그곳은 과거이지만, 그곳으로 여행하는 사람에게는 도착하는 곳이 현재일 것이다. 그리고 그가 도착한 날로부터 하루 뒤는 우리에게 여전히 과거이겠으나 그에게는 미래일 것이다. 다시 말하자면 '현재'는 주관적 개념이다. 과거에 도착한 그는 우리의 과거가 그의 미래에 발생하는 상황을 경험하게 된다. 만일 과거에 도착한 그가 역사를 바꾼다면 우리의 현재에 영향이 있을까? 2000년으로 돌아간 그가 신문에 광고를 실으면 그 즉시 현재의 우리가 그 광고를 2000년에 발행된 신문에서 찾아볼 수 있을까? 미래에서 찾아간 여행자가 관측하는 과거는 과연 우리가 거쳐온 그대로일까? 슈뢰딩거의 고양이와 비슷하게, 우리가 관측하는 그 순간 달라지는 것은 아닐까?

물리학에서 볼 때 미래로 가는 여행은 간단하다. 빛의 속도로 이동해서 우리의 시간을 늦추기만 하면 된다. 그에 비해 과거로 가는 여행은 거의 불가능하다. 그것이 불가능하다 하더라도 우리는 과거를 감각으로 경험하며 살아간다. 예컨대 100광년 거리에 있는 별에서 나오는 빛은 우리에게 오기까지 우리 기준으로 100년이 걸린다. 즉 우리는 밤하늘에서 그 별의 100년 전 모습을 지금 바라보는 셈이다. 소리도 마찬가지다. 1초에 340미터를 움직이니, 340미터 떨어진 곳에서 나는 소리가 들린다면 우리는 1초 전의 과거를 귀로 경험하는 것과 같다. 고고학자는 먼 과거의 사물이 전하는 말에 귀를 기울인다. 인문학자는 고대에 쓰인 글을 가지고 그 시대를 머릿속에서 재현해 낸다. 우리는 누적된 과거를 현재에 경험하며, 사물마다 시간의 흐름을 새기는 속도가 다른 만큼 우리가 과거로부터 멀어지는 속도, 즉 과거가 우리의 현재 뒤로 누적되는 속도는 무엇을 기준으로 따지느냐에 따라 매우 다양해진다고 할 수 있다.

　한편 시간의 흐름이 속도에 따라 달라진다는 것은 곧 중력에 따라서도 달라진다는 뜻이다. 중력이 강한 곳에서는 시간이 느리게 흐른다. 이 말은 곧 아파트 천국인 우리나라에서는 저층보다 고층에 사는 사람이 더 빨리 늙는다는 뜻이고, 서서 생활하는 우리 인간은 발보다 머리가 더 빨리 늙는 다는 뜻이 된다. 상대성이론이 주로 쉽게 체감하기 어려운 우주 규모의 현상을 다루기에 이 정도의 높이 차이는 너무나도 사소해 보일지 모르지만, 2010년 미국의 국립표준기술연구소에서 이런 차이에서조차 시간의 흐름이 상대적임을 증명한 바 있다. 세상에서 가장 정확한 원자시계 두 대를 33센티미터의 높이 차이가 나도록 설치해 놓고 얼마나 서로 다르게 움직이는지 관찰한 결과, 낮은 곳에 설치된 시계가 높은 곳의 시계에 비해 79년에 900억분의 1초꼴로 느리게 움직인다는 것이 확인되었다.

높이 차이를 좀 더 키워서 우주로 나간다고 해보면, 지상 400킬로미터 궤도를 시속 약 28000킬로미터 속도로 움직이는 우주정거장에서는 시계가 지상에 비해 매일 20~21마이크로초 정도 느리게 간다고 한다. 이 고도에서는 정거장이 빠른 속도로 움직여야 궤도를 유지할 수 있기에 시간의 흐름이 느려진다. 반면에 지상보다 중력이 약하기 때문에 시간의 흐름이 빨라진다. 정거장이 움직이는 속도가 시간의 흐름에 미치는 영향이 -5라면 중력이 미치는 영향은 +1정도라고 한다. 두 효과를 합한 결과 시계가 매일 20마이크로초씩 느려지는 것이다. 여기서 고도가 더 올라가면 궤도를 유지하는 데 필요한 속도가 낮아지기 때문에 속도의 영향은 작아지고 중력이 시간의 흐름에 미치는 영향은 상대적으로 커진다. 궤도의 고도가 2000킬로미터 정도 되면 두 효과가 서로 완전히 상쇄되어 시간의 흐름이 지상과 비슷해지고, GPS 위성이 있는 2만 킬로미터 고도에서는 줄어든 중력의 영향이 느려진 속도의 영향보다 더 커지므로 시계가 더 빠르게 움직인다. GPS 위성은 중력이 약한 만큼 궤도 유지를 위해 빠르게 움직일 필요가 없고, 그래서 시간이 지상에 비해 하루에 38.6마이크로초 정도씩 더 빠르게 흐른다고 한다(이것을 빛의 속도로 환산하면 매일 11.6킬로미터씩 오차가 발생할 테지만, 실제로 GPS는 위성 여러 대에서 동시에 보내는 신호가 도착하는 시간 차를 가지고 위치를 파악하는 방식이기 때문에 이런 오차는 문제가 되지 않는다. GPS 위성끼리 시계가 일치하기만 하면 되는 것이다). 결국 우주에는 우주 전체를 통틀어 기준이 될 만한 '절대시간'이라는 것이 없고, 모든 것은 관찰자가 기준이 될 수밖에 없다. 앞서 말한 별빛은 100년 걸려 도착한 것이지만, 그 별빛 기준에서 보면 빛이 별에서 나오자마자 지구에 도착한 것이며, 별을 벗어나는 그 순간 100년 미래로 여행한 것이다.

앨런 라이트먼은 이론물리학자로서 박사학위를 받았고, 그 밖에도 명예박사학위를 여럿 가지고 있다. 현재 미국 매사추세츠공과대학에서 학생들을 가르친다. 물리학자이지만 특이하게도 인문학 분야도 가르친다. 연구 분야는 주로 천체물리학이며, 과학 논문 말고도 다양한 수필과 기고문을 여러 유명 일간지와 잡지에 기고한다. 「뉴욕타임스」는 그가 쓰는 수필을 올해 최고의 수필 목록에 올리는 때가 많다. 과학 서적을 여러 권 썼고, 소설 여섯 권, 수필집 여러 권, 회고록, 시집까지 펴냈다. 이 책 『아인슈타인의 꿈』은 전 세계에서 베스트셀러가 되었고, 세계 곳곳에서 연극과 뮤지컬로 각색되어 무대에 올랐다. 우리나라에서도 1993년 처음 한국어판이 나온 뒤로 여러 출판사에서 계속 한국어판을 펴낼 정도로 긴 세월 변함없이 사랑받는 책이다.

그가 쓴 소설 중 첫 작품인 『아인슈타인의 꿈』에서 그는 무척 특이한 구조를 선보인다. 기본 줄거리를 마치 연극처럼 프롤로그, 인터루드, 에필로그까지 다섯 토막의 이야기로 나누어 떠받치고, 그 사이사이에 시간에 관한 이야기 서른 편을 집어넣었다. 하나하나를 별도로 보아도 제각기 완전한 이야기가 되는 이 서른 편의 글에서는 있을 법한 갖가지 유형의 시간이 펼쳐진다. 기계시간과 체감시간, 중심지로 다가갈

수록 느리게 흐르는 시간, 사람마다 다른 속도로 흐르는 시간, 온 세계 산봉우리마다 뚱뚱한 새들이 빼곡히 쭈그리고 앉은 듯이 높다랗게 지은 집, 미래가 없는 세계……. 과학적인 근거에 기반하여 풀어나가는 이야기에서 논리적이고 아름답게, 시적이고 또 때로는 우스꽝스럽게 묘사된 시간을 읽다 보면 자신의 경험이 절로 떠올라 공감하게 되는 동시에 시간과 삶의 의미는 무엇인지 생각에 빠져들지 않을 수 없다. 이 책을 읽으면서 우리는 지금 과연 어떤 시간에서 살고 있는지 짚어보기를 바란다.

2025년 3월
옮긴이 권루시안

아인슈타인의 꿈

초판 1쇄 인쇄 2025년 4월 1일
초판 1쇄 발행 2025년 4월 24일

지은이 앨런 라이트먼
옮긴이 권루시안
펴낸이 김선식

부사장 김은영
콘텐츠사업본부장 임보윤
책임편집 채윤지 **디자인** 박영롱 **책임마케터** 양지환
콘텐츠사업2팀장 김보람 **콘텐츠사업2팀** 박하빈, 채윤지, 김영훈, 박영롱
마케팅2팀 이고은, 양지환, 지석배
미디어홍보본부장 정명찬 **브랜드홍보팀** 오수미, 서가을, 김은지, 이소영, 박장미, 박주현
채널홍보팀 김민정, 정세림, 고나연, 변승주, 홍수경
영상홍보팀 이수인, 염아라, 김혜원, 이지연
편집관리팀 조세현, 김호주, 백설희 **저작권팀** 성민경, 이슬, 윤제희
재무관리팀 하미선, 임혜정, 이슬기, 김주영, 오지수
인사총무팀 강미숙, 이정환, 김혜진, 황종원
제작관리팀 이소현, 김소영, 김진경, 이지우, 황인우
물류관리팀 김형기, 김선진, 주정훈, 양문현, 채원석, 박재연, 이준희, 이민운

펴낸곳 다산북스 **출판등록** 2005년 12월 23일 제313-2005-00277호
주소 경기도 파주시 회동길 490
대표전화 02-704-1724 **팩스** 02-703-2219 **이메일** dasanbooks@dasanbooks.com
홈페이지 www.dasanbooks.com **블로그** blog.naver.com/dasan_books
종이 스마일몬스터 **인쇄** 한영문화사 **제본** 대원바인더리 **코팅 및 후가공** 평창피엔지
ISBN 979-11-306-6549-8 (03840)

· 책값은 뒤표지에 있습니다.
· 파본은 구입하신 서점에서 교환해 드립니다.
· 이 책은 저작권법에 의하여 보호를 받는 저작물이므로 무단 전재와 복제를 금합니다.

> 다산북스(DASANBOOKS)는 책에 관한 독자 여러분의 아이디어와 원고를 기쁜 마음으로 기다리고 있습니다.
> 출간을 원하는 분은 다산북스 홈페이지 '원고 투고' 항목에 출간 기획서와 원고 샘플 등을 보내주세요.
> 머뭇거리지 말고 문을 두드리세요.